大
方
sight

U0452085

我们仍在
谈论
杜拉斯

Duras,
on en parle encore
et toujours

黄荭

著

中信出版集团 | 北京

图书在版编目（CIP）数据

我们仍在谈论杜拉斯 / 黄荭著 . -- 北京：中信出版社，2024.5
ISBN 978-7-5217-6524-3

I. ①我… II. ①黄… III. ①迪拉斯（Duras, Marguerite 1914-1996）—文学研究 IV. ①I565.065

中国国家版本馆 CIP 数据核字（2024）第 083154 号

我们仍在谈论杜拉斯
著者： 黄 荭
出版发行：中信出版集团股份有限公司
（北京市朝阳区东三环北路 27 号嘉铭中心 邮编 100020）
承印者：北京盛通印刷股份有限公司

开本：880mm×1230mm 1/32 印张：8.125 字数：211 千字
版次：2024 年 5 月第 1 版 印次：2024 年 5 月第 1 次印刷
书号：ISBN 978-7-5217-6524-3
定价：59.00 元

版权所有·侵权必究
如有印刷、装订问题，本公司负责调换。
服务热线：400-600-8099
投稿邮箱：author@citicpub.com

献给母亲

序 杜拉斯之季

一

1950年，《抵挡太平洋的堤坝》和龚古尔奖失之交臂；1961年，《长别离》获戛纳电影节金棕榈奖；1964年，《劳儿之劫》出版，雅克·拉康（Jacques Lacan）撰文"向玛格丽特·杜拉斯致敬"；1974年，《印度之歌》获戛纳电影节艺术和实验电影奖；1984年，《情人》荣膺龚古尔奖；1992年让-雅克·阿诺（Jean-Jacques Annaud）执导的同名电影海报贴得满大街满世界都是，梁家辉和珍·玛琪（Jane March）演绎的情爱在欲望都市泛滥成灾，杜拉斯终于成了一个"通俗作家"……

盖棺论定？死亡会加快时间的筛选，要么被读者淡忘，要么成为一种共同的文学记忆得以流传。2006年，杜拉斯辞世十周年之际，我们已经有种强烈的感受：杜拉斯的作品正在被经典化。那一年，《音乐》《痛苦》《广场》《死亡的疾病》《夏雨》《广岛之恋》被再次改编搬上舞台，巴黎的影像资料馆（Forum des images）举办了杜拉斯电影回顾展，法国国家图书馆举办了她的手稿展和系列讲座，冈城的现代出版档案馆（IMEC）推出"关于爱"的展览，特鲁维尔的黑岩旅馆举办一年一度的"杜拉斯日"……与此同时，法国各大报纸杂志也纷纷推出纪念专号或刊登大篇幅的纪念文章，如《欧罗巴》(*Europe*)、《文学杂志》(*Magazine littéraire*)、《读书》(*Lire*)、《新观察家》(Le Nouvel Observateur)、《观点》(Le Point)、《解放报》(La Libération)、《世界报》(Le Monde)、《费加罗报》(Le Figaro)等。而随着2011年杜拉斯作品全集一、二卷在"七星文库"出版，三、四卷于2014年面世，杜拉斯已然是端坐文学先贤祠的标准姿态：不朽。

二

她说："写作如风，赤条条来，就是墨，就是写，和其他任何进入生活的东西都不一样，它就是生活，只是生活，别无其他。"的确，从某种意义上说，杜拉斯体是一种自传体，不论小说、散文、戏剧，还是电影，"主题永远是我"，她写下了自己整个的人生。"我这么做就像一个傻瓜。这样也不错。我从来没有自命不凡。写一辈子，在写作中学会写作。写作不会拯救。这就是一切。"

虽然写作不会拯救，但写作可以是抵抗死亡的理由，填满了那些庸常、荒疏、乏味、琐碎的日子，给存在一抹近似神话的迷离色彩，让人心向往之。杜拉斯喜欢打乱所有线索，模糊真实和虚构的界线，很多的重复，但每次出现都有一个变调，说到底，最后连她自己也不记得原来的 key 了。1995年7月31日，她曾大声地问最后的情人扬·安德烈亚："谁知道我的真相？如果你知道，那就告诉我。"

三

她有自己的风格，杜拉斯的小音乐有一种咒语般的魔力，那些女人的名字，那些东方的地名，似乎只要一经她叫出口，一切就都中了魔，仿佛睡美人的城堡和森林。用那些"被解构、被挖空、深入骨髓的句子"，从欲望、激情、孤独、绝望中勾勒出一个"特殊的领地，杜拉斯的领地"。她有她的幽默，黑色的，固执的。在《广岛之恋》

中有一句经典台词："你害了我,你对我真好。"还有一段对话,日本男人说:"在广岛,你什么都没看见。没看见。"法国女人回答:"我什么都看见了。看见了。"在杜拉斯的作品里,"看"是一个出现频次很高的动词,更像是一个隐喻,很容易让人联想到伊甸园的故事:

> 耶和华神所造的,惟有蛇比田野一切的活物更狡猾。蛇对女人说,神岂是真说,不许你们吃园中所有树上的果子吗?女人对蛇说,园中树上的果子,我们可以吃,惟有园当中那棵树上的果子,神曾说,你们不可吃,也不可摸,免得你们死。蛇对女人说,你们不一定死,因为神知道,你们吃的日子眼睛就明亮了,你们便如神能知道善恶。于是女人见那棵树的果子好作食物,也悦人的眼目,且是可喜爱的,能使人有智慧,就摘下果子来吃了。又给她丈夫,她丈夫也吃了。他们二人的眼睛就明亮了,才知道自己是赤身露体,便拿无花果树的叶子,为自己编作裙子。

这是《圣经》对人之初的描述,承载了人类所有痛苦的原罪来自人类对"看"——认知的渴望,渴望获得和神一样的智慧。眼睛睁开了,在那一刻亚当和夏娃看到了,知道了世界的善恶,自身的善恶,于是人类的历史开始了。但杜拉斯又说:"睁着眼睛也会迷失",女乞丐迷了路,劳儿迷了心,而我们,在更深入去的寂静里,我们在迷恋什么,在失去什么?

四

虽说阅读和研究杜拉斯已经快二十年,我却一直不肯承认杜拉斯是我最喜欢的法国作家,哪怕只是之一。我给自己找了很多借口:她太自恋,太招摇,太自以为是,文字不是太温吞就是太凌厉……但这些年下来，慢慢慢慢她占据了我书房整整三排书架，以后想必还会更多。我之前做过的江苏省和教育部社科项目是关于她，拖拉着像黄梅雨天没完没了的国家社科"青年项目"还是关于她，虽然我早已感觉自己不再年轻，眼睁睁看着时间的马蹄踏过头顶，一地的晚春残花……

我想我只是嘴硬。

有些人、有些事、有些书这辈子注定躲不掉，就算你故意扯了个谎，拐了个弯，绕了个远，ta还会在某年某月的某一天，冷不丁从某个小巷子或记忆的闸门里闯出来，和你撞个满怀。就像一则波斯古国的寓言故事：

> 有一天，在巴格达，一个大臣来到哈里发面前，脸色苍白、浑身发抖："原谅我这么惊恐失措，刚才在宫殿门口，人群中有个女人撞了我一下。这个黑发女人是死神。看到我，她跟我打了个手势……既然死神来这里找我，陛下，请允许我逃离这里，逃到远方的撒马尔罕。如果赶紧的话，我今晚就能到达那里。"话音刚落，他就纵身上马绝尘而去，飞奔向撒马尔罕。不久，哈里发走出宫殿溜达，他在集市的广场上也遇见了死神。"你为什么要吓唬我那位年轻健康的大臣？"他问道。死神回答："我没想吓唬他，只是看到他在巴格达，我吃了一惊，冲他打了个手势，因为我今晚在撒马尔罕等他。"

那个黑发女人就是宿命。就像我在杜拉斯的文字里，不管我愿不愿意承认，有意无意间瞥见的是命运隐约幽微的神秘印记。某种契合。

五

首先是《创世记》的黑水，那也是我童年的风景：大海，潮汐，台风，稻田，有点咸的河水，一成不变又望不到尽头的远方。时间很缓慢，梅雨季节很长，夏天刮台风的时候，海水偶尔会淹没番薯地、晒谷场、门前的小桥、天井和一楼的木地板，于是在之后的三伏天，地板的缝隙里偶尔会冒出白色粉末状的盐花，给人一种超现实主义的不真实感。

之后，我随父母去了山区，我也成了那个跟在哥哥屁股后头成天上树的孩子，捕蝉抓鸟漫山遍野采果子吃……再后来，父亲病了，拖了几年，花光了家里的积蓄。父亲去世那年，我十一岁，童年结束了。葬礼那天，我没有哭，或许是太累、太麻木，或许我已经知道，有些人，哭不回来。

母亲一直一个人拉扯我和哥哥两个，现实让她变得能干，要强，也很忙碌。哥哥不爱读书，常惹是生非，总不让她省心，多纳迪厄夫人的疯狂，我想我母亲也一定经历过，还有我看见的，也有我没看见的，脆弱。我从小到大都很优秀，三条杠、大队长、名牌大学、翻译、出书，但母亲并不感到骄傲和安慰，她的眼中只有儿子。

和杜拉斯一样，母亲占据我童年所有的梦境，有时候绝望铺天盖地，我躲在黑暗里会天真地想，不会再遇到更坏的事情了。了解我的法国朋友说我是彻底的悲观主义者，因为彻底，反而乐观。既然哭没有用，那就尝试微笑。潮水总会退却，许多情绪都可以摊在沙滩上，慢慢晾干。

前年夏天，母亲死了，突发心梗，我在温哥华，改签了当天的机票飞回来也赶不及。失眠开始了，我终于发现，还有更坏的事情……突然，门关上了，我举着手，愣在那里，没有人来开门，以后，永远都是没有谁的日子。

我坚持要把这本书题献给母亲，我不知道，她在另一个世界会不会在乎，但我在乎。

六

2005年,我去了法国导演米歇尔·波尔特(Michèle Porte)在普罗旺斯的山居小屋。2004年她在那里拍摄了杜拉斯的《昂代斯玛先生的午后》,她和杜拉斯是至交,参与过《印度之歌》的拍摄,还是国际杜拉斯学会的第一任会长。听着蝉鸣的夏日午后懒洋洋的,很适合聊天。每天米歇尔都会讲很多故事给我听,自然少不了杜拉斯讲给她听、之后写进《写作》的那只苍蝇的故事。米歇尔说她当时笑疯了,虽然一直都没弄明白苍蝇的寓意:在寂静中,杜拉斯突然看到和听到,在离她很近的地方,贴着墙,一只再普通不过的苍蝇在做垂死挣扎。女作家走过去看着苍蝇死去,之后还把苍蝇死去的地方指给米歇尔看,告诉她说有只苍蝇三点二十分在那里死去。

在世界某处,人们在写书。所有人都在写。我相信这一点。我确信是这样……

我们也可以不写,忘记一只苍蝇,只是看着它。看着它如何用一种可怕的方式在陌生、空无一物的天空中挣扎。就这样。

女作家在这只苍蝇身上看到了孤独的死亡,因为她的在场显得越发残酷。

还有"它持续的时间,它的缓慢,它难以忍受的恐惧,它的真实"。

每个人的真实。

有时,我会想,我就是一只,会写作的苍蝇。

2014年4月,和园

再版序 "好好看看这朵花和你自己"

当中信大方的编辑引弘说准备再版《杜拉斯的小音乐》时，我有一种被催更的焦虑。

毕竟又过去十年，我似乎应该交出一份更令人满意的答卷。

从 2014 玛格丽特·杜拉斯诞辰 100 周年国内外热热闹闹的纪念到今天，十年里，关于杜拉斯，除了给几家报纸杂志写过长长短短的文章外，我还翻译出版了《1962—1991 私人文学史：杜拉斯访谈录》《就这样》，再版了《爱、谎言与写作：杜拉斯画传》和《外面的世界II》，写了一本关于她的传记《玛格丽特·杜拉斯：写作的暗房》，在各地或在线上多次参加和她有关的学术研讨和文化活动。

今年年初，法国驻华大使馆文化教育合作处图书与思辨部早早和我联系，邀请我参加 4 月底在北京法国文化中心举办的"聚焦玛格丽特·杜拉斯：从文字到影像"的纪念活动；5 月 12 日上海大学要举办"文明的交流与对话——杜拉斯诞辰 110 周年学术研讨会"；中信出版集团和南京大学出版社都要推出新的杜拉斯作品；"杜拉斯之所摄影展"、杜拉斯作品朗诵会和分享会等多种形式的纪念活动也都在陆续筹备组织之中……又过去十年，我们发现，今天我们仍在谈论杜拉斯，一个熟悉又陌生的杜拉斯，总有新的话题、新的碰撞，就像一阵风吹来，光线改变了树叶的颜色。

这次修订再版我主要做了两方面的调整和补充。首先是文章的排序：前面的九篇文章围绕杜拉斯的人生和创作轨迹展开，从童年和东方出发溯源杜拉斯写作的起点，通过小说、电影、新闻、访谈等角度去勾勒一个多面立体丰盈的杜拉斯形象；接下来的七篇文章简言之是"杜拉斯如何改变我的人生"，从某种意义上说，翻译杜拉斯、研究杜拉斯已然成为我日常生活的一部分，"一种文学生活"，而我也在象牙塔内外收获了很多弥足珍贵的友谊；最后的"外两篇"，包含两篇译文。《中国小脚》是杜拉斯1950写的一篇未发表的文章，讲述她5岁时家人第一次带她来中国的云南府避暑度假，中国女人的小脚和旺鸡蛋如何震撼了她幼小的心灵并引起强烈的共情，这篇小文是一把打开杜拉斯写作奥秘的钥匙，完美诠释了记忆—遗忘—重现的某种普遍规律。而日本东京外国语大学教授岩崎力写的《我所参与的〈广岛之恋〉的后期制作》是一份难得的记录，回忆了50年前他参与《广岛之恋》同期录音后期制作的种种，见证了法国新浪潮的黄金时代。其次是删节和增补，删节了小部分重合的内容，增补了几篇新的文章；在校对的时候我也重读了部分杜拉斯的文字，再次沉浸在她迷人的小音乐里。

重读的时候，有一首小诗特别打动我，是杜拉斯在1982年夏天写的，写给好朋友米歇尔·芒索家一个即将出生的孩子，如果是女孩，孩子的父母希望叫她"玛格丽特"，杜拉斯很激动，诗写完后既喜悦又非常不安。

致年底将要到的小女孩

你好，玛格丽特·芒索小姐。
今天是7月17日，我想你还得五个月
才能出生。
你还在黑夜之中。
对宇宙来说，你微不足道。

> 我给你写诗,是为了告诉你,为了让人说,为你而说,听着:
> 当你走进花园,你得当心一切,当心自己及花朵。
> 好好看看雨和生命。
> 看看暴风雨、寒冷、虚空、失去的猫、这朵花和你。

我很理解她的不安,因为诗中有某种预言性的东西——人的命运:黑夜中孕育的生命,美好又脆弱,等待她的,除了花朵,还有暴风雨、寒冷和虚空,那些即将拥有又终将失去的一切。

所以杜拉斯写作,用诗歌,用小说,用戏剧,用电影,用音乐……那是她和母亲抵挡太平洋的堤坝,在决堤之前。

而我,躲在别人和自己的文字后面,我喜欢每天在露台看花,看鱼,看如水的光阴漫过四季。

不惊,不惧。

2024 年 3 月,和园

目录

序　杜拉斯之季　/I

再版序　"好好看看这朵花和你自己"　/VII

杜拉斯的东方情结　/1

杜拉斯文本中的"东方幽灵"　/17

从此，她成了作家杜拉斯　/39

"午夜"的游戏：《琴声如诉》　/45

长别离，也是长相思　/55

杜拉斯的电影情结　/65

1984：《情人》现象　/75

杜拉斯的新闻写作　/85

"先生，您打错电话了！"——《杜班街邮局》的故事及其他　/107

我译《外面的世界Ⅱ》 /119

无法拒绝，必然无法拒绝的杜拉斯 /127

周末，主题杜拉斯 /133

是杜拉斯让我结识…… /139

"十年后，我们仍在谈论杜拉斯" /153

玛格丽特·杜拉斯：游走于现实与神话之间 /167

中国视角下的玛格丽特·杜拉斯 /181

外两篇

中国小脚 [法]玛格丽特·杜拉斯／文，黄荭／译 /197

我所参与的《广岛之恋》的后期制作 [日]岩崎力／文，黄荭／译 /205

附录

杜拉斯生平大事记 /215

杜拉斯著作／电影列表 /232

以杜拉斯之名 /240

致谢 /242

杜拉斯的东方情结

一

十八岁前，玛格丽特·多纳迪厄，笔名杜拉斯，几乎在法属印度支那殖民地度过了她全部的童年和青少年时光，在那里出生，在那里成长。

> 在那个国土上，没有四季之分，我们就生活在唯一一个季节之中，同样的炎热，同样的单调，我们生活在世界上一个狭长的炎热地带，既没有春天，也没有季节的更替嬗变。[1]

这份一成不变、无处可逃的炎热从此滞留在杜拉斯的血脉里，狂热又绝望，印度支那殖民地成了她的精神故乡，既是她人生的起点，又是她写作的归宿，"成了她生命的底片，西贡那散发着毒气的灿烂令她沉迷，神秘的中国城酝酿着种种被禁止的罪恶，小路上种着罗望子树，掺杂着干枯玫瑰的花毯……"[2] 印度支那令她沉迷，东方的神秘给了她创作灵感，和她个人经历一样，20世纪上半叶的东方也充满

---

[1] 劳拉·阿德莱尔，《杜拉斯传》，袁筱一译，春风文艺出版社，2000年1月，第1页。
[2] 同上。

了"沧桑""耻辱"和"身不由己"。殖民地凄凉、麻木的痛苦生活成了她以"毁灭""绝望""荒凉"为主题的小说理想的温床。《抵挡太平洋的堤坝》《广岛之恋》《恒河女子》《劳儿之劫》《副领事》《印度之歌》《情人》等作品都带着一份绝望的爱,一抹残缺的凄美。童年的烙印是难以磨灭的,"除了童年时代,一无所有。我以后经历的一切毫无用处。斯丹达尔说得对,童年,永无尽头的童年"[1]。成年后,杜拉斯再没有回去过那个记忆中的印度支那,但她也从未离开过它,写作的时候她便回到了那里。

二

童年是她的根,写作亦从童年开始,从自我开始,从家人和家人在殖民地的经历开始。杜拉斯的东方情结首先维系在一系列充满自传色彩的作品和人物上,自身经历的故事就是一个结束不了的故事,"拔不出的泥潭"。不过,对杜拉斯而言:

> 在这讲述这共同的关于毁灭和死亡的故事里,不论在爱或是恨的情况下,都是一样的,总之,就是关于这一家人的故事,其中也有恨,这恨可怕极了,对这恨,我不懂,至今我也不能理解,这恨就隐藏在我的血肉深处,就像刚刚出世只有一天的婴儿那样盲目。恨之所在,就是沉默据以开始的门槛。只有沉默可以从中通过。对我这一生来说,这是绵绵久远的苦役。我至今依然如故,面对这么多受苦受难的孩子,我始终保持着同样的神秘距离。我自以为我在写作,但事实上我从来就不曾写过,我以为在爱,但

---

[1] 米歇尔·芒索,《闺中女友》,第165页。

我从来也不曾爱过,我什么也没有做,不过是站在那紧闭的门前等待罢了。[1]

杜拉斯一直在等待,无望地等待,等待母亲如春风的手抚摩她的秀发,但母亲的目光越过她的头顶,只有大哥,永远的大哥。从1943年出版的第一部小说《厚颜无耻的人》开始,杜拉斯的作品就沾染了强烈的自传色彩,终身萦绕作家的"女儿—母亲—儿子"三角关系从此形成。我们在《平静的生活》《抵挡太平洋的堤坝》《伊甸影院》《情人》《中国北方的情人》中都不难找到偏爱长子的母亲、放荡无耻的大哥的影子。小哥哥或许是杜拉斯童年唯一的慰藉,他让她体会到贫穷却自由的童年。在那里,母亲不管他们,兄妹俩四处乱跑,爬树、抓鸟、猎猴子,像当地的越南人一样生活,讲越南话,和越南孩子一起玩耍。自然的美景、殖民地的阳光、各种气味和颜色深深地印在了玛格丽特的记忆里。但这份美好是孱弱的、短暂的,被大哥的霸道和母亲的不幸淹没、窒息了。

三

母亲一直是杜拉斯挥之不去的主题,"我写了那么多关于母亲的事。我可以说我欠了她一切"[2]。母亲的故事究其底是关于不公正的故事,是居住在殖民地的贫穷白人的故事,也折射出殖民地居民的生存状态。《抵挡太平洋的堤坝》(以下简称"《堤坝》")是第一本母亲的书,关于痛苦、绝望和毁灭的书:母亲受到"到殖民地去发财"的宣

---

1 玛格丽特·杜拉斯,《情人 乌发碧眼》,杜拉斯著,王道乾、南山译,上海译文出版社,1997年,第23页。
2 玛格丽特·杜拉斯,《外面的世界》,袁筱一、黄荭译,漓江出版社,1999年,第451页。

传影响后，与丈夫一道移居印度支那殖民地。丈夫病死后，她独自挑起家庭重担。她含辛茹苦、节俭度日，然后用十年赚下的血汗钱向殖民地当局购买了一块土地进行耕种。因为她没有贿赂土地管理局的官员，所以他们给她一块太平洋岸边的盐碱地，长不出庄稼，备受海潮的侵蚀。她没有丧失信心，她要再次向命运抗争。她抵押房屋、购买木料、雇当地农民修筑抵挡太平洋的堤坝，她自己也干。但是堤坝在海啸到来的一夕之间被海水冲毁，剩下一片狼藉。令人绝望的平原，单调而呆板，吊脚楼孤零零地立在海滩上，没钱翻新的屋顶有白蚂蚁不断落在床单上、饭桌上。饭是有得吃，只有米饭和涉禽肉，千篇一律令人作呕。平原上不断有光屁股的小孩玩泥巴，因吃青芒果害霍乱一茬茬死去，再一茬茬出生。死孩子被父亲埋在泥土里用脚踩平。多纳迪厄一家一无所有，债台高筑。母亲并非唯一受殖民地地方行政官员迫害的人：

> 胡志明市的殖民档案有这方面的记录。一共有几十个人，都买了这种无法耕种的土地，都在坚持不懈地与绝望作斗争，在当地农民的帮助下，他们用泥沙和粗木修筑抵挡太平洋的堤坝。在放弃以前他们都反抗过。他们甚至试着申诉，不过一直毫无结果。[1]

堤坝就成了不公正的现实给杜拉斯打下的最初也是最深的烙印。杜拉斯的毁灭感就源于母亲的被毁，她生存的世界已被毁灭，她的家园、她的亲情还有她对生活的热望。所以她一开始就不相信爱情，甚至不承认它。在《堤坝》中苏珊对若先生有的只是羞耻感，她成了交

---

[1] 劳拉·阿德莱尔，《杜拉斯传》，参见前注，第63页。

易对象，而情人则成了金钱的化身。在二战期间写的日记中，杜拉斯这样描述她和雷奥（中国情人最早的版本）的初吻：

> 他突然间吻了我。我的反感真是难以名状。我推开雷奥，啐他，我想要从汽车里逃出来。雷奥也不知道怎么办是好。有一秒钟的时间，我紧张地如同在弦之箭。我不停地重复着：完了，完了。我本身就令人恶心……我不停地吐唾沫，我吐了一晚上的唾沫，第二天，我一想到当时的场景，还是要吐唾沫。[1]

这种羞耻感是家族和社会灌输给她的，出于白种人的倨傲，母亲、大哥还有苏珊自己都排斥中国人，但由于生活窘迫，他们无法拒绝中国人的金钱和钻戒。母亲紧紧抓住中国人送给她女儿的钻戒时双眼迸射出希望的凶光：只要有钱，生活就可以重新开始。可是生活不能重新开始。母亲的青春与健康已经耗尽。在《伊甸影院》这部戏剧中，母亲默默地坐在舞台的一隅，儿女们讲述着她的过去，生活已磨平了她的锋芒，她麻木了，熄灭了。曾经如此相信殖民主义的美梦，结果却遭到了无情的背叛和嘲弄，这种痛苦从此一直深深地镌刻在多纳迪厄一家的身上，也渗透到杜拉斯的全部作品里。

四

另一个死死纠缠着她生活和作品的人物是"大哥"，她恨他、嫉妒他，因为他，她有一种被母亲抛弃的感觉。在《厚颜无耻的人》中她说：

---

[1] 法国现代出版档案馆档案。

如果没有雅克,她母亲也许留下她。不管怎样,她不会带着这样无意识的宽慰心情如此快地抛弃她。一旦她完成了对其他子女的责任,她就继续不知不觉地让大家离开她的长子,直到只剩下他一个孩子,她把全部爱倾注到他一个人身上……想到她的哥哥,她心里就有一种奇怪的痛苦。这种痛苦并不强烈,却难以忍受,她感到它像脓疮一样在她身上跳动着。[1]

大哥不仅独享了母亲特殊的爱护,还是个"败家子",在《平静的生活》中,"热罗姆挥霍了我们的所有家产。因为他,尼古拉一直都上不了学,我也是一样,我们永远也没有钱走出布格,这也是我还没有出嫁的原因"[2]。他是杜拉斯和小哥哥生存的阴影。"母亲的殴打和大哥的殴打的不同之处就在于,大哥的殴打更疼,更让我无法接受。每一次,我都觉得他简直要把我杀了,我不再是愤怒,而是害怕,害怕我的头会掉下来,在地上乱滚,或者头还在,但是疯了。"[3]他对她有的不仅是肉体上的暴力,还对她的心灵造成了不可愈合的创伤。他也殴打小哥哥,不让他和妹妹亲近。他一边挥霍妹妹从中国人那里得到的钱,一边嘲笑中国人的愚蠢和笨拙,让妹妹觉得自己堕落、肮脏、罪孽深重。杜拉斯要反抗:

我想杀人,我那个大哥,我真想杀死他,我想要制服他,哪怕仅一次,一次也行,我想亲眼看着他死。目的是要当着我母亲的面把她所爱的对象搞掉,把她的儿子搞掉,为了惩罚她对他的爱;这种爱是那么强烈,又那么邪恶,尤其是为了拯救我的小哥

---

[1] 玛格丽特·杜拉斯,《厚颜无耻的人》,王士元译,春风文艺出版社,2000年,第178页。
[2] 玛格丽特·杜拉斯,《平静的生活》,俞佳乐译,春风文艺出版社,2000年,第5页。
[3] 同上。

哥……大哥的生命把他的生命死死地压在下面,他的那条命非搞掉不可,非把这遮住光明的黑幕布搞掉不可,非把那个由他,由一个人代表、规定的法权搞掉不可……[1]

有大哥在,杜拉斯就只会受到不公平的待遇,受到压抑和摧残。只有"杀死"大哥,用刀或用文字,杜拉斯才能摆脱恐惧,走出童年的阴霾。

五

"情人"是杜拉斯笔下又一个很关键的人物,他是作家的心结,是作家追忆往昔的耻辱,同时又是矛盾的虚荣心的膨胀。杜拉斯一生都没有停止过讲述她和情人之间发生的故事。"情人"生活在作家的现实和虚构之间,生活在记忆和忘却之间,无法摆脱。故事是在沙沥和西贡之间的渡轮上开始的,玛格丽特回寄宿学校,雷奥邀请她坐他的轿车。"我觉得雷奥非常优雅。他手上戴着一颗很大的钻石,穿着很罕见的纱丽柞丝绸外套。从来没有一个戴着这么大钻石的人注意过我,而且我的两个哥哥都穿着白色棉布的衣服……"[2]她受到了诱惑,钻石和金钱的诱惑。爱情一开始就不是单纯的,没有钱,故事就不会发生。她被"做妓女"的念头纠缠着,家庭的贫穷让她无路可逃,于是她把自己当成待价而沽的商品,她觉得自己有必要找个男人,有义务拯救家庭于水深火热:用可能的爱情交换很多的皮阿斯特。"堤坝"的梦想破灭后,又有了对情人财富的梦想,可悲的是这梦想不是玛格

---

[1] 玛格丽特·杜拉斯,《情人 乌发碧眼》,参见前注,第8页。
[2] 法国现代出版档案馆档案。

丽特个人的，而是整个家庭的。她为家庭出卖了自己，而家庭在她做出牺牲后唾骂她出卖了尊严，所以杜拉斯痛苦。成为作家后，杜拉斯一直致力于再现这种痛苦，她所承受的耻辱，这段黑暗模糊的经历。她要自我释放，但这种自我释放却不是一蹴而就的。

在《堤坝》中，她没有让情人用他的真实名字，没有说明他的国籍，甚至没有委身于这个富有却丑陋的男子。必须等到老了，无所顾忌了，她才敢承认情人既不是白人，也不是当地越南人，甚至在最后那本书名中点明了他的出处：《中国北方的情人》。在《堤坝》中，她对若先生没有一丝感情，除了对他本人的嫌恶和对他钱财钻石的艳羡；而在《情人》中，她却发现自己开始有点爱他了，说"以她自己的方式钟情于他"。而他也温柔地待她，倾心于她，"吻在身体，催人泪下。也许有人说那是慰藉。在家里我是不哭的。那天，在那个房间里，流泪哭泣竟对过去、对未来都是一种安慰"[1]。最后，她将同一个故事美化成一个凄美绝望的爱情故事——《中国北方的情人》，充满温柔和迷乱的异国情愫。通过写作，她终于克服了羞耻感，摆脱了过去的阴影，让自己在文字里过另一种生活，一种自己可以接受，甚至有些向往的爱情。

六

除了印度支那，印度也是杜拉斯东方情结之所系。《副领事》《印度之歌》《劳儿之劫》《恒河女子》《爱》《在荒凉的加尔各答她名叫威尼斯》，她的"印度系列"是文本—戏剧—电影的多重叙事。这很容易给读者造成一种错觉，以为她在印度生活过，对印度很了解。但事

---

[1] 玛格丽特·杜拉斯，《情人 乌发碧眼》，参见前注，第40页。

实上，玛格丽特只在1922年、1924年、1931年、1933年几次乘坐往来于印度支那和法国本土的客轮时，在印度的几个港口有过短暂的停留。这给她留下了一些浮光掠影的印象，因为这条航线沿途会停靠新加坡、槟榔屿、科伦坡、亚丁湾、吉布提、苏伊士和塞德港，最后抵达马赛港。1973年7月13号，在格扎维埃尔·戈蒂埃和杜拉斯的第四次访谈中，杜拉斯说："我见过一次加尔各答，那时我十七岁。我在那儿过了一天，那是一个船只的停靠站，后来，这个，我从来没有忘记。"[1]然而通过考据，1931年杜拉斯回法国的轮船并不经停加尔各答，而从她一路的行程来看也几乎没有任何中途去异地旅行的可能。

不过，在1973年7月30日格扎维埃尔·戈蒂埃和杜拉斯的第五次访谈中，杜拉斯承认存在某种虚构并解释说："我应该马上说这种地理学是完全不准确的。我制造了一个印度，几个印度，正如人们从前……在殖民主义时代所说的那样。加尔各答不是首都，不可能在一个下午里就从加尔各答到达恒河河口。岛屿是锡兰，是科伦坡，科伦坡的'威尔士亲王'，它根本就不在那里。而尼泊尔呢，法国大使也不可能在白天去打猎。拉合尔很远，拉合尔，它在巴基斯坦。"[2]在《印度之歌》的开篇，杜拉斯也做过类似的交代。

印度是什么？杜拉斯说是概念。不能忍受的现实，不能忍受的生活。在殖民地的生活经历和她20世纪30年代在殖民部的工作让她深刻地认识了东方，和印度支那一样，印度也是贫穷和不公正的代名词。虽然杜拉斯在印度只中途停留了很短的时间，但她只要有几个图像、几句话、爱情上的几个不忠就足已重新建构起一个杜拉斯式的印

---

[1] 玛格丽特·杜拉斯，《话多的女人》，吴岳添、廖淑涵译，作家出版社，1999年，第131页。
[2] 同上，第184页。

度,甚至几个杜拉斯式的印度,把它变成一种疯狂、爱情、绝望的永恒象征。

白种人的印度关心自己思想的安宁,并认为自己已对黑种人的印度还清了债。但是,白种人往往用来逃避的这种睡眠只是穷人们的睡眠在上流社会的翻版。在印度,所有的人都陷入昏昏欲睡的状态:一些人是为了不看到其他人的贫穷,其他人则竭力忘掉贫穷。……这个城市就像一面镜子,最终只能映照出同样生活在不幸之中的无数张脸。[1]

这个"不能忍受"的关于印度的概念从何而来?源头还是在印度支那,来自女作家在那个充满种族歧视、等级划分的印度支那殖民地的所见、所闻、所感。

同所有殖民地城市一样,这个城市里也同时并存着两个城市:白种人的城市和非白种人的城市。即使在白种人的城市里也是有差别的。上城区的外围是星罗棋布的别墅和住宅小楼,那儿是城里最宽敞、最通风的地方,却免不了带些俗气;市中心是大多数城市人口的聚集地,每年都有高楼大厦拔地而起,一年比一年高……

在那些年代里,世界上所有殖民地城市的白人区都是洁净得无可挑剔,不仅城区如此,白人也是异常干净。他们一到殖民地便学会了天天洗澡,就像天天给小孩洗身那样,还学会了穿殖民地服装:白色西服,这是象征免疫和纯洁的颜色。从此,走出了

---

[1] 克里斯蒂安娜·布洛-拉巴雷尔,《杜拉斯传》,徐和瑾译,漓江出版社,1999年,第135页。

这第一步，差距就开始拉大，白种人和其他人最初的这种差别不断地增大，他们是白上加白，其他人则是用雨水、江河里混浊的水洗澡。事实上，白色是最容易弄脏的。[1]

白种人养尊处优、高人一等——闪光的汽车，精美的橱窗，舒适的咖啡馆露天座。在他们用剥削当地人创造的金钱所堆砌起来的高贵派头背后，有的是怎样肮脏、堕落、空虚的灵魂？而作为这片红土地的主人，当地人辛勤劳作，过的却是凄惨的非人生活：

千千万万当地劳动者给十万公顷红土地上的橡胶树割胶，他们流血流汗给十万公顷土地上的树开口，这些土地在被数百个富豪侵占之前就已经凑巧被叫作红土了。胶乳在流，血也在淌。可是只有胶乳是值钱的。收集胶乳就能赚钱。血却白流了。人们当时不愿去想终有一天会有大批的人来讨还血债……

这些拥挤不堪、布满尘土的有轨电车在令人眩晕的阳光下半死不活地慢慢开着，响声如雷。……这些有轨电车多是宗主国报废了的旧货……所以，没有一个体面的白种人敢贸然乘坐这样的有轨电车，万一他被人发现，他就会丢尽面子，丢尽他殖民者的面子。[2]

或许杜拉斯的深刻还因为她是唯一一个谈到这块平原上的土著孩子的白人作家，这些孩子一生下来就面临着饥饿、霍乱、疟疾、麻风病，随时受到死亡的纠缠。除了安德烈·维奥里的《救救印度支那》、

---

[1] 玛格丽特·杜拉斯，《抵挡太平洋的堤坝》，谭立德译，上海译文出版社，2009年，第119—120页。
[2] 同上，第121—121页。

雷翁·威尔士和马尔罗的书，鲜有其他文字记录过殖民地的丑恶和沉重的现实。但在《堤坝》这本书中，杜拉斯"向在沼泽地里，在毒日下为法国修路筑坝最后惨遭横死的人表示了敬意。这些人被一条长形锁链锁住，单个儿根本无法逃跑。都是些饿得要死的农民或是政治犯，殖民地辅助警察的头儿给他们编了队，并且接到上面的命令，说要让他们一直干到累死为止。当时有很多人都目睹一队队警察往外拖死尸。这个故事殖民地不准讲，即使有人知道也仅限于口头流传，没有任何文字记载"[1]。这也是为什么在今天的胡志明市，一些上了年纪的文人在谈起《堤坝》这本书时还会泪眼婆娑，因为他们在这本书里看到了自己民族曾经的耻辱，就像女作家看到了自身耻辱的过去一样。

在《副领事》《印度之歌》《劳儿之劫》《恒河女子》中永恒的女乞丐形象也体现了杜拉斯对这片红土地上穷人生存状况的关注：那个怀了孕的瘦削女子，那个饥饿得要靠吃酸芒果、青稻谷、死鱼和骨头维持生命的女人，那个"疯女人"。和印度这个国家给人的感觉一样，这是"一种彻底被抛弃的感觉"，殖民地就是绝望本身。杜拉斯笔下的印度无疑是一种虚构，但这种"虚构即真实"，是艺术的真实。

在白种人世界和当地人世界的夹缝里生存的是像多纳迪厄一家那样"没有发财的白种人"，他们住在上城区与当地人居住的郊区之间的地带。"他们是名不副实的殖民者，被打发到这一角落。这一带的街道两旁没有树木，没有草坪。白种人经营的商店被土著人的格子间取代，这些格子间的奇妙造型是若先生的父亲发明的。街道每周只洒一次水，满街都是笑笑闹闹、吵吵嚷嚷的流动商贩，他们在热烘烘的尘土中大声叫卖。"[2] 贫穷首先是不幸的，而身为白人，贫穷就更加让

---

[1] 克里斯蒂安娜·布洛-拉巴雷尔，《杜拉斯传》，参见前注，第58—59页。
[2] 玛格丽特·杜拉斯，《抵挡太平洋的堤坝》，参见前注，第122页。

人无法忍受，因为它是"耻辱"的标志，既得不到上层白种人的认同，又得不到下层当地人的接受。就像洋人看不起假洋鬼子、假洋鬼子看不起阿Q，富有的白人看不起贫穷的白人，而贫穷的白人居然还看不起富有的当地人。所以杜拉斯内心是失衡的，母亲既让她敬重又让她感到羞耻，情人既让她鄙夷又让她神往；在道德和价值的巨大落差里，杜拉斯选择了写作，或许写作就是杜拉斯的"精神胜利法"罢！

七

20世纪50年代末，玛格丽特·杜拉斯应阿兰·雷乃（Alain Resnais）之邀撰写《广岛之恋》的剧本和对话。剧本和影片首先展示的是一对男女在"欲海情焰"中交缠的躯体和"情欲得到满足后的汗水"[1]，在一家旅馆房间，他们在谈论广岛。"她"对"他"说她在广岛看见了一切，而"他"反复对"她"说她在广岛什么也没见到。但"谈论广岛是不可能的。人们所能做的就是谈谈不可能谈论广岛这件事"[2]。原本只是一个平淡无奇的偷情故事：偶遇，一夜风流，醒来后各奔东西，男的已经结婚，且有孩子，女人也是有妇之夫，也有孩子。但不普通的，是故事发生在世界上一座最让人意想不到的城市：广岛。杜拉斯在"剧情"中坦言这是影片的主要意图之一，"它打破了用恐怖来描绘恐怖的手法"，让"恐怖在劫后的灰烬中获得新生"，和"一种必须是独特的而又'令人赞叹'的爱情糅合在一起"[3]。因为在这座罹难的城市，性欲、爱情、不幸，这些人类普遍具有的东西会淋漓尽致、毫不掺假地表现出来。他们谈论了彼此的生活，他们

---

[1] 玛格丽特·杜拉斯，《广岛之恋》，谭立德译，上海译文出版社，2005年，第2页。
[2] 同上。
[3] 同上，第4页。

的过去,是曾经的灾难让他们在迷乱的情爱和深深的绝望中相拥,沉默,呼唤彼此的名字。最后,她对他说:"广岛。这是你的名字。"他回答,"这是我的名字。是的。你的名字是内韦尔"[1]。

一段没有结局的爱情在一个废墟的城市,"她"带着法国内韦尔的创伤来到广岛,在这座曾经在九秒钟内有"二十万人遇难,八万人受伤的"城市里,"她"得到了自我痛苦的释放。广岛的不幸,内韦尔的不幸,其实就是世界普遍的不幸。作为"介入"的作家,杜拉斯有很深的社会责任感。《广岛之恋》的主题因此首先是反战,尤其是反核战,其次才是情爱和欲望。她揭露,她抨击,她希望"整座城市从地面上被掀起,落下来化为灰烬"的悲剧不再重演(never Never),她不希望看到世界变成一片丢着"一包'和平牌'香烟"的沙漠。

从印度支那到中国情人,从印度到广岛,杜拉斯一次次重复相同、相似或相矛盾的故事。虽然写的是东方,却少了皮埃尔·洛蒂式的异国情调,因为对杜拉斯而言,印度支那是故乡,东方是她情感的维系,她生活在"自身的故事"里,生活在记忆中的"东方",一个已逝的、"概念"的东方。虚实间有多少是真实,多少是虚构,多少是历史,多少是传奇?我们无法全然探究其间的真伪:书中的故事还是生活的故事。或许真假已不重要,重要的是杜拉斯让我们认识了东方,东方让我们认识了她。

2004 年 1 月,陶园

---

[1] 同前,第 173—174 页。

杜拉斯文本中的"东方幽灵"

"玛格丽特·杜拉斯生在印度支那,在那里她父亲是数学老师,母亲是小学教员。除了童年时代在法国有过一次短暂的逗留,她直到十八岁才离开西贡。"这是杜拉斯用在很多书前面的一段简短的自我介绍。第三人称。很奇怪的概括。仿佛"我"已经变成了书上的"她",整个人生都还滞留在那个已经逝去的印度支那,回不去的童年,而她在出生以后只有一个寓意深远、矛盾而决绝的动作和姿态:"离开"。

离开,为了回去,经由文本而实现的迂回的进入。"虚构和重复",正如 J. 希利斯·米勒(J. Hillis Miller)一本文论的书名(*Fiction and Repetition*),归纳了杜拉斯书写的特点和策略:东方,既是虚构的原点,也是解构的症结,无所不在的缺席(absence omniprésente),犹如信仰崩塌后的上帝。

"东方"的名与实

在杜拉斯的语汇里,的确可以轻松地找到许多亚洲的地名和河流名:印度、加尔各答、拉合尔、恒河、印度支那、交趾支那、越南、老挝、柬埔寨、暹罗、西贡、永隆、沙沥、湄公河、中国、抚顺、广岛……但总体的指称"东方"(orient)一词却非常罕见。玛德莱娜·博格马诺在《玛格丽特·杜拉斯作品中的东方问题》一文[1]中指出杜拉斯曾在两处使用"东方"一词。一是在发表于1964年那本谜一样的开启了"印度系列"的小说《劳儿之劫》，雅克·霍德和塔佳娜·卡尔在森林旅馆房间幽会，雅克·霍德说着情意绵绵的话，嘴里喊着塔佳娜的名字，心里不自觉想的却是那个在爱中迷失的劳儿。塔佳娜先是陶醉，之后突然意识到了，愣在那里，"面对着这些话的不良指向"[2]（dans l'orient pernicieux des mots）。中文翻译已经湮灭了"orient"的本义，的确杜拉斯这里的orient（orientation?）用得令人费解，甚至可疑。前几段出现过的另一个意思相近的表述或许会给我们一点启示，塔佳娜表示对雅克·霍德"话中的所指目标没有把握"[3]（incertaine de la destination des mots）。如果杜拉斯用orient是故意留了一个线索，那我们不妨做一个杜拉斯喜欢的文字游戏，l'orient pernicieux des mots译为"这些话的不良指向"，但脱离原文本的语境，这个词组完全可以译成"词语（建构）的能毒害人的东方"，调换一下词序可以得到"des mots pernicieux de l'Orient"就变成了"关于东方的能毒害人的词语"。前一种解读：东方被认定能毒害人的危险特性是由词语建构的，是近代西方对东方一种定势的想象，随着东方文明的衰败，东方成了贫穷落后、疫病肆虐的受难之地。后一种解读：关于东方的词语常常带有欺骗性，能毒害、蒙蔽人。《堤坝》中的父母不就是受到殖民地宣传画和"皮埃尔·洛蒂的一些阴郁神秘作品"[4]的蛊惑才毅然抛下让人"厌烦得要命"的法国北方乡村来这个预示财富、冒险和梦想的远方的？而等待

---

1 该文是国际杜拉斯学会会长玛德莱娜·博格马诺为2009年9月在日本东北大学召开的年会撰写的论文。
2 玛格丽特·杜拉斯，《劳儿之劫》，王东亮译，上海译文出版社，2005年，第127页。
3 同上，第126页。
4 玛格丽特·杜拉斯，《抵挡太平洋的堤坝》，参见前注，第14页。

他们的却是现实的残酷和理想的幻灭。

另一处是在《乌发碧眼》中：

> 事情随着死亡的突然降临而发生。
>
> 她用很低的、含糊不清的声音呼唤着一个人仿佛那人就在这里，她似乎在呼喊一个死去的生命，就在大海的那一头大陆的另一侧，她用所有的名字呼唤着同一个男人，回声中带着东方国度呜咽般的元音……[1]

意象加深了，东方[2]是那滴眼泪闪烁的珠光，被文本诗化的痛苦和绝望，在对立于西方的"大海的那一头大陆的另一侧"呜咽（沉默）。而那一个人是死在印度支那战场上的小哥哥保尔，是杜拉斯无处告别、始终无法被彻底埋葬的童年，和童年的一切。用所有的名字朝同一个方向（东方）呼唤"无名的"东方，呼唤"永失我爱"。

印度支那和创世记之水

"一直以来，甚至很小的时候起，我就看到地球上的生命是以这种形式出现的：一个巨大的沼泽地，表面上毫无生气，突然，一个气泡破裂了，发出臭气，唯一的一个，然后——几千年过去了，又出现一个。同时这些气泡，这些生命的泡沫终于从底部冒出来，光线变了，潮湿渐渐消失，光到了水的表面。创世记的水，对我而言，就是这样，沉重像液体的钢铁，但在雾气中很混浊，没有光的照耀。"[3]这

---

1 玛格丽特·杜拉斯，《情人 乌发碧眼》，参见前注，第146页。
2 在法语中，orient 也有"珍珠的光泽"的意思。
3 Marguerite Duras, *Les Parleuses*, entretiens avec Xavière Gauthier, Ed. de Minuit, 1974, p. 239.

种"创世记"的水就是世界"印入"小玛格丽特眼中的景象,对这个日后的作家而言既是生命的开始,也是她日后写作最重要的素材。太平洋每年泛滥摧毁母亲的堤坝的黑水,这一象征了这片遥远的原法国殖民地上的不公正、穷困和绝望的沉重的海水成了她创作的灵感之泉。

印度支那的风景和画面从来就没有离开过她:湄公河三角洲上强烈的阳光,一眼望不到边的稻田,穿透了城市乡村的安南方言,洒在对着暹罗森林的平房游廊上的月光……在这片原本不属于法国的土地上,在这片他者的土地上,小玛格丽特度过了童年和青少年时代,于是这片土地于她是"母亲的土地,故土和精神的栖居"[1]。她对朋友米歇尔·芒索说过:"我,我有过森林、雨水,有过我的出发点。我的根在越南的土地上。"[2]

置身于一个侨民、普通白人、安南人和中国人混居的世界,多纳迪厄一家既不属于白人殖民者,也不属于被殖民的黄种人。肤色是第一次划分,象征了尊卑;财富是第二次划分,代表了贵贱。堤坝的故事、母亲的疯狂和印度支那的赤贫占据了童年最初的也是唯一的梦境。杜拉斯的身份一开始就是特殊的:出生在印度支那一个贫穷的白人家庭,不被有钱的白人认同,同样也不被有钱的当地人和中国人认同,所以小玛格丽特找不到自己的位置:"我是永远也回不到故乡的人,我没有故乡,我生在无处。"[3] 印度支那既是异地又是故乡。杜拉斯的作品,不管是小说、戏剧还是电影都被司汤达所说的"没完没了的童年"所萦绕,挥之不去的东方幽灵成了杜拉斯的"内心的影子(ombre interne)",渐渐酝酿成她日后充满毁灭意味的写作。"人们

---

[1] Laure Adler, *Marguerite Duras*, Gallimard, 1998, p. 17.
[2] Michèle Manceaux, *L'Amie*, Albin Michel, 1997, p. 142.
[3] Marguerite Duras, « La maison », dans *La Vie matérielle*, P. O. L, 1987, p. 78.

受到自身经历的纠缠，必须听之任之。"[1]的确在很长一段时间，杜拉斯任由童年潜伏在记忆的黑夜，没有道路，她只是偶然谈及少年时代故事中某些"明亮的部分"。

1950年《抵挡太平洋的堤坝》掀开了自传（撰）叙事的一角，堤坝的故事浮出水面，但所有的地名还是模糊的，母亲和儿子约瑟夫、母亲和女儿苏珊，尤其是苏珊和若先生的关系也没有明朗。需要迂回地进入："其他的进展本来可以出现，其他的运行，在处于我们这个位置的其他人之间，有着其他的名字，其他的时限本可以生成，更长一些或更短一些，其他的充满遗忘、向遗忘垂直下坠、猝然进入其他记忆的故事，其他的有着无尽的爱的长夜……"[2] 1954年的小说《成天上树的日子》和1968年的同名戏剧照亮了母子关系，但作为地点的东方已然不在，除了书名的"树"让人联想到暹罗的森林。东方（印度支那）经由虚构的"印度"抵达。在"印度系列"结束，1979年戏剧《伊甸影院》回归到堤坝的故事，聚光灯似乎把若先生和那枚钻石戒指照得更亮了。然后是1984年的《情人》和1991年《中国北方的情人》，重点从母亲的故事转为"我"的故事和写作的故事。当中国（情人）被放在明亮的地方，写作似乎就圆满了，空白被填补，回忆中不和谐的音符被修正、美化，乃至篡改，童年终于可以风光入殓。

经由劳儿

拉康曾经因为《劳儿之劫》向杜拉斯致敬，这个文本为他的精神分析提供了广袤的阐释空间。杜拉斯一开始说她不知道劳儿的由来，

---

1 Aliette Armel, *Marguerite Duras, les trois lieux de l'écrit*, Christian Pirot, 1998, p. 13.
2 玛格丽特·杜拉斯，《劳儿之劫》，参见前注，第196页。

后来承认是在疯人院中见过的一个病人。

《劳儿之劫》的开头:"劳儿·瓦·施泰因生在此地,沙塔拉,在这里度过了青少年时期的大部分时光。她的父亲曾是大学老师。她有一个大她九岁的哥哥——我从未见过他——据说住在巴黎。她的父母现已不在人世。"[1] 这段文字和杜拉斯介绍自己的那段简短文字如出一辙。此地也是别处,沙塔拉也成了一个精神分析萦绕不去的梦境,沙塔拉(S. Thala)是 Thalassa(大海),是创世之水的另一个指称。在书的最后,雅克·霍德和劳儿在旅馆房间,两人看着窗外:"大海终于涨潮了,海水一块一块地淹没了蓝色的沼泽,沼泽带着同样的缓慢渐渐地失去了自己的本性,与大海融为一体,这片沼泽这样了,其他的在等待着它们的**轮回**。沼泽的消亡使劳儿充满了糟糕的忧伤,她等待、预料、看到这一消亡的出现。**她认出了它**。"[2] 沼泽被海水淹没,失去了自己本来的面目,被冲淡、被遗忘,但最终,它被认出,它会在记忆中重现。紧接着的文字阐明了这种移情的可能性和运作方式:"劳儿梦想着另一种时光,在那里,将要发生的同样的事情会以不同的方式发生。另外的方式。千遍万遍。到处发生。不分彼此。在其他人之中,成千上万的人,和我们一样,梦想着这种时光,不可避免。这一梦想传染了我。"[3]

劳儿的梦其实也是杜拉斯的梦,劳儿只是"我"的另一种表达,是不同的方式发生的同样的事情。"她的父母现已不在人世",潜台词是"死亡",死亡是杜拉斯的美学,意味着遗忘、过去、不可能之爱和昨天的"我"。"ravissement"是迷狂也是劫持,无论哪一种寓

---

[1] 玛格丽特·杜拉斯,《劳儿之劫》,参见前注,第3页。
[2] 同上,第198页。
[3] 同上,第199页。

意都表达了自我的迷失。劳儿在书的最后疯掉了。在杜拉斯随后的一本书《副领事》里，劳儿神秘地消失了，但这本书是以一个疯女人的故事开始的：十五岁，有了身孕的安南女子被逐出家门，沿路乞讨流浪。

  她走着，彼得·摩根写道。
  怎样才能回不去呢？应该让自己迷失。我不明白。你会明白的。我需要一个指示，好让自己迷失。应该义无反顾，想办法让自己辨认不出任何熟悉的东西，迈步走向那最为险恶的天际，那种辽阔无边的沼泽地里，数不尽的斜坡莫名其妙地纵横交错。[1]

  首先我们注意到一个关键的动词"写"和人称的变化，"她"走着——"我"不明白——"你"会明白的。换一种表述："写作"在继续——"作者"不明白——"读者"会明白的。作者需要一个指示（orient?）让自己迷失在文本森林。应该义无反顾，让所有的熟悉都变成未知，"应该坚持下去，直到排斥你的东西最后转过来吸引你"，这是女儿被母亲逐出家门时说的一番话，也是作者杜拉斯对自己、对读者说的话，对写作和阅读同样适用。也正是在这本《副领事》中，"不能忍受"的印度、"一种彻底被抛弃的感觉"泛滥成灾，把作者和读者再次带回东方。

经由印度

  在《印度之歌》（文本—戏剧—电影）的开篇，杜拉斯就交代：

---

[1] 玛格丽特·杜拉斯，《副领事》，王东亮译，上海译文出版社，2009年，第3页。

首先，本剧中出现的印度的城市、河流、行政区域及海域等的名称都具有一种音乐感。

《印度之歌》中，凡举地理的、人文的、政治的等情节，均属虚构。

因此，切勿认真地坐上汽车用一个下午的时间，从加尔各答奔向恒河口以看个究竟，当然，也用不着为此去尼泊尔。

同样，"威尔士亲王"旅馆，并不在德尔塔的一个岛上，而是在科伦坡。

也是同样，印度的行政首府是新德里，而不是加尔各答。

如此等等。[1]

杜拉斯说《印度之歌》是《恒河女子》故事的延续，也深入揭示了《副领事》并没有触及的一个领域，而她写这个文本的更充分的理由却是一个"写作"的理由："为了探索《恒河女子》所揭示和探索的那种'手段'，即把声音用于故事的叙述。这种新手法，可以把往日的故事从忘却中重新拉出，以便为另一些记忆所支配，而不是受作者的记忆所支配。这些记忆是另一种形式的，具有创新性的记忆，但同样可以使人'回忆'起其他的爱情故事。"[2] 在这里，杜拉斯点明了她使用挪移这一创作手法的目的："把往日的故事从忘却中重新拉出"，而这个具有"创新性"的记忆会让人"回忆"起其他的爱情故事，比如堤坝的故事，她和中国情人的故事。

这个"虚构"的印度要揭示什么呢？杜拉斯说是一种深刻的真

---

[1] 玛格丽特·杜拉斯，《副领事 印度之歌》，宋学智、王殿忠译，春风文艺出版社，2000年，第189页。
[2] 同上，第190页。

实，回忆中一种超越了现实的对东方"概念化"的真实感受：无法忍受的炎热、季风、麻风病、疯女人的笑声、副领事撕心裂肺的绝望叫喊……或许还有"唤不醒死者"的麻木，不再痛苦却不能忍受，而根源还是女作家在法属殖民地印度支那度过的童年。

   声音1
不能忍受。
   声音2
是的。
   声音1
印度，不能忍受？
   声音2
是的。
   声音1
不能忍受印度的什么？
   声音2
想法。[1]

不能忍受是因为印度所承载的19世纪末20世纪初西方人对没落东方所持的普遍观念（"优雅的印度"被"痛苦的印度"所替代），也因为印度打开了作家自身记忆的缺口，让她想起并重新跌入那个不能自拔的、无边无际的黑暗童年：平原上一茬茬饿死或病死的孩子，泛滥的水灾、疟疾和麻风病，尽管也有年轻女孩子温柔的优雅，沉淀在传统中的秩序、谦卑、隐忍和乐天安命，但从文明的进程上看，东方

---

1 Marguerite Duras, *India Song*, Gallimard, 1973, pp. 50–51.

早已"不再是欧洲的对话者，而是其沉默的他者"[1]。东方人集体的沉默（失语）和这种沉默让西方人产生的焦虑和不安在杜拉斯的文本中构成了一种张力。我们是否可以这样认为：1937 年 6 月进入法国殖民地部的信息处工作并和菲利普·罗克合写《法兰西帝国》[2]歌颂法国拥有的海外领地的玛格丽特·多纳迪厄，在此后的日子里，一直用文学作品在"逆写帝国"，试图用自己的方式照亮那片"黑暗的大陆"。为沉默的东方"代言"或重构没落颓败的东方的"真实"，用痛苦和残缺的回忆，这就是杜拉斯式的"伤逝"。

中国和杜拉斯的"情人们"

2006 年为纪念杜拉斯辞世十周年，法国埃尔纳出版社推出了《杜拉斯》[3]专刊，除了全球数十位专家集体解读杜拉斯外，还收录了十二篇杜拉斯未发表作品和一些她与亲友的通信，其中有一篇没有日期、杜拉斯写于 1950 年的短文《中国小脚》。这篇未发表的作品的重要性不在于证明杜拉斯曾到过中国云南府，而在于它揭示了童年记忆经由时间如何生成转化为文本的一个典型图式，换言之，作为"幽灵"的东方如何在杜拉斯的文本中"显（出原）形"。

> 中国是永恒的。我，那年五岁。我们去那里度假，为了逃避东京湾三角洲的绵绵细雨。旅行是漫长的，花了三天时间穿越云南的山岭。我很清楚这是中国（Chine），不是印度支那

---

[1] 罗钢、刘象愚主编，《后殖民主义文化理论》，中国社会科学出版社，1999 年，第 8 页。
[2] Marguerite Donnadieu en collaboration avec Philippe Roques, *L'Empire français*, Gallimard, 1940.
[3] 即中文版的《解读杜拉斯》，贝尔纳·阿拉泽、克里斯蒂安娜·布洛-拉巴雷尔主编，黄荭主译，作家出版社，2007 年。

（Indochine），不完全是，名称上有点差别。我还知道中国人很多，尤其在中国他们最为密集，他们不想要小女孩，在他们眼中小女孩一钱不值，如果生的女儿太多，他们就把她们扔给小猪吃。这些都是别人教我的——就像日后教拼写和法兰西的伟大一样——在我们到达云南之前，为了让我看到中国人的时候就知道是怎么回事，知道怎么去称呼他们。他们教得甚至更多：中国广袤、残酷、善生养，在那里孩子们都非常不幸，你们从来都不知道你们有多么幸运。爱情被放逐。中国人不痛苦。[1]

小玛格丽特对中国人的认知首先是来自"教育"，在他们到达云南之前别人教她的知识，让她"看到中国人的时候就知道是怎么回事，知道怎么去称呼他们"。中国是一种被灌输的（西方对东方的）认识，被命名的对象。而这种普遍的认识是：中国人多、地广，中国人残酷、善生养，孩子尤其是女孩子很不幸，爱情被放逐，中国人不痛苦。虽然中国城市给小玛格丽特的第一印象是"美丽、富足"：

它建在丘陵上，到处都是台阶，层层叠叠的，白色和蓝色的房子，红色的招牌颤颤巍巍的，响着凉鞋的踢踏声和流动商贩嘶哑的吆喝声。有时候会碰到几只小山羊。我从未在任何一个梦中找到过可以和它比拟的城市，那么名不虚传……五百种皮货，两百五十种茶，上千种丝绸和鸦片。人们只吃流动小贩供应的糖果和煎饼过活。城市里飘着焦糖的味道。城市本身也是甜的，像鸦片；涩的，像茶；野性的，像毛皮。[2]

---

1 《中国小脚》，见《解读杜拉斯》，参见前注，第9页。
2 同上。

但那种根深蒂固的习见很快就让这个五岁的法国白人小姑娘把全部的注意力放到了两个最具中国特色的残酷上面：中国女人的小脚和路边摊上的旺鸡蛋，概括地象征了被扼杀、被禁锢的自由和生命。这篇短文还提到了一起意外，令小玛格丽特震惊不已：

> 云南两百名富家女子一同乘坐一艘蒸汽船出游，像家禽一样挤在一起，发出家禽般的叫声，因为她们几千年来对平衡的规律几乎一无所知，以至于船在一眨眼工夫就沉没了，她们全部丧生，裹在一直缠到脖子的织锦窄衣里，被她们可怜的穿着绣花缎子鞋的残废的脚拖着沉入水底，额头上是愚昧和女性的柔弱。[1]

这绝对不会是一个五岁的白人小女孩的认知，而只能是成年的作者在回忆时对这一幕惨剧做出的解读，这群遭遇没顶之灾的富家女就是西方眼中的20世纪初中国的写照，带着昔日的辉煌在愚昧和软弱中沉没（沉默）。杜拉斯是"伴着雀巢奶、净化水、漂洗过的生菜"，戴着具有保护作用的殖民地白色头盔长大的，接受的教导就是殖民地是危险的：病菌、传播疟疾的按蚊、变形虫，热带的太阳可以晒死人或让人发疯，花是有毒的，人心是莫测的……

时间过去，中国变得遥远。时间再过去，"中国完全远去了，我的小脚小鸡的世界沉没到无尽的黑暗里，无依无靠，但我又能怎样？总得让童年过去。这要花很多力气和时间。"[2] 成长，一边在遗忘，一边也对所有别人或教科书上灌输的知识和话语产生怀疑，"于是中国在你的土地上又回到了原来的位置。因为什么都无济于事，中国总会

---

[1]《中国小脚》，见《解读杜拉斯》，参见前注，第11页。
[2] 同上，第12页。

和你有关",虽然这需要杜拉斯花很漫长的时间才能回到童稚之年的中国,"以一种方式或另一种,从小脚或小鸡或其他东西开始,所有的美德,所有的教育——最坏的和最好的都一样——我们总能企及。没有什么可以阻挡。"[1] 简言之,杜拉斯的认知模式:教育—印入—遗忘—再遗忘—怀疑—回忆/回归—重现。

再回到"情人"这个形象,杜拉斯的五个文本(《战时笔记1943—1949》《抵挡太平洋的堤坝》《伊甸影院》《情人》《中国北方的情人》)为读者打造了五个版本的情人。共同点是"他"有高级轿车、(戴着巨大的钻石戒指)非常优雅、穿柞丝绸套装、会说法语、从巴黎来的、彬彬有礼、对她都是一见倾心。但五个版本的差距也非常大,20世纪40年代《战时笔记》中的雷奥是安南人,丑陋、愚蠢;1950年的《堤坝》和1979年《伊甸影院》中的两个"若先生"的形象基本吻合,脸长得并不英俊,肩宽臂短,身材中等偏下,"一双小手保养得很好,有点瘦削,相当漂亮"。[2] 苏珊家人对他的形容是两个比喻,"猴儿"和"癞蛤蟆",而他在苏珊家人尤其是她大哥面前显得胆怯。这个版本没有提到若先生是哪里人,只有说话的声音泄露了他的身份,留给读者一个隐约的线索:"他说话的声音不像种植园主或猎人。这声音来自异国他乡,温柔而优雅。"[3] 还有他邀请苏珊跳舞时所表现出来的拘谨,"分寸、阶层和敬意"[4]。在前三个版本里,雷奥和若先生还称不上情人,白人女孩更多只是受到钻石、汽车、财产的诱惑,心醉神迷,她天真地想通过出卖自己来拯救她的家庭。雷奥的吻

---

1 《中国小脚》,见《解读杜拉斯》,参见前注,第13页。
2 玛格丽特·杜拉斯,《抵挡太平洋的堤坝》,参见前注,第34页。
3 同上,第36页。
4 同上,第35页。

让白人女孩感到恶心,她感觉自己"直到灵魂都被强暴了"[1],苏珊虽然在收到若先生的小礼物和留声机的时候满心欢喜,但当若先生的嘴唇吻到她的时候,她"仿佛挨了一记耳光似的"[2],连忙挣脱。

而到了1984年的《情人》,金钱的故事就蜕变为一个懵懂凄美的爱情故事,开篇就是那段爱的经典表白:

> 我已经老了,有一天,在一处公共场所的大厅里,有一个男人向我走来。他主动介绍自己,他对我说:"我认识你,永远记得你。那时候,你还很年轻,人人都说你美,现在,我是特为来告诉你,对我说,我觉得现在你比年轻的时候更美,那时你是年轻女人,与你那时的面貌相比,我更爱你现在备受摧残的面容。"[3]

还有湄公河渡轮上的桥段。忘记需要很长时间,想起同样需要很长时间和勇气。在书的第五页,十五岁半的白人女孩就已经站在渡轮上,但一笔又转了,说起她就读的学校,母亲,家庭,绝望,写作,她当时的装束,帽子、鞋子和腰带。直到二十一页,才出现那辆利穆新汽车和那个正在看她的风度翩翩的男人。"他不是白人。"[4] 这个否定句是一个逆转,但转得非常慢,欲说还休,因为"我们是白人的孩子,我们有羞耻心"[5]。羞耻感让叙事者继续"王顾左右而言他",在接下来的二十页,叙事者谈到女人的美,殖民地的女人的疯狂,寄宿学校的美女海伦·拉戈奈尔,阿杜,母亲,那个瘦弱却搽着"浅红色脂

---

[1] Marguerite Duras, *Cahiers de la guerre*, P. O. L / Imec, 2006, p. 87.
[2] 玛格丽特·杜拉斯,《抵挡太平洋的堤坝》,参见前注,第222页。
[3] 玛格丽特·杜拉斯,《情人》,王道乾译,上海译文出版社,2005年,第3页。
[4] 同上,第21页。
[5] 同上,第7页。

粉，涂着口红"的白人女孩，谈到女孩日后想当作家的想法，母亲的贫穷绝望和堤坝的故事……岔开话头是叙事的停顿，反应叙述者心理上的犹豫，絮絮叨叨说那么多，都是为了把话题再次扯回到那个从轿车上走下来的男人身上。

男人是胆怯的，"开头他脸上没有笑容。一开始他就拿出一支烟请她吸。他的手直打颤。这里有种族的差异，他不是白人，他必须克服这种差异，所以他直打颤。"[1] 当她问他是什么人时，"他说他是中国人，他家原在中国北方抚顺"[2]。或许这就是杜拉斯选择"回到中国"的特殊方式。故事里依然散发出很浓的金钱味道，但压抑的青春渐渐释放出来，"吻在身上，催人泪下"，哭的是"一种糟透了的爱情"，虽然糟透了，但它已经有了"爱情"之名。

杜拉斯1991年出版的《中国北方的情人》可以说是《情人》的电影版，叙事（镜头）变得非常清晰流畅，第一场殖民地"遥远的童年"，第二场"湄公河上的渡轮"。一说到渡轮，马上就出现了这个很奇特的句子："渡船上有搭载本地人的大客车，长长的黑色的莱昂-博来汽车，有中国北方的**情人们**在船上眺望风景。"[3] 耐人寻味的复数。仿佛之前几个版本的情人都出现在那艘渡船上，等待导演杜拉斯挑选一个最好的来出镜，或者说回忆就是以复数的形式叠加或替换的。女孩还是那个女孩，但情人已经成了升级版："他跟上本书里的那一个有所不同，更强壮一点，不那么懦弱，更大胆。他更漂亮，更健康。他比上本书里的男子更'上镜'。面对女孩，他也不那么腼腆。"[4] 他还打算在北京大学读文科，只因父亲反对而去法国学了法语并去美国学

---

[1] 玛格丽特·杜拉斯，《情人》，参见前注，第40页。
[2] 同上，第41页。
[3] 玛格丽特·杜拉斯，《中国北方的情人》，施康强译，上海译文出版社，2006年，第30页。
[4] 同上，第31页。

了英语,最难能可贵的是这位年轻有为的海归华侨很爱国:"我爱堤岸。我爱中国。堤岸也是中国。"[1]一见钟情,"故事已经发生了,已经不可避免。一个爱情故事,一场令人目眩的爱情。始终没有结束。永远没被忘记"[2]。故事按照现代版的白马王子和灰姑娘的模式继续推进,有意思的是对让-雅克·阿诺的电影《情人》表示强烈不满的杜拉斯却在更新版中很煽情地保留了吻车窗的桥段:"汽车停靠的方向和她的去向相反。她把手搁到车窗上。然后她把手挪开,把嘴贴住窗玻璃,吻上去,不再移开。她双目紧闭,跟电影里一样。"[3]中国人谈吐风趣,知识渊博,迷倒了母亲,镇住了大哥。当中国再次崛起站在世界舞台上的时候,情人也终于找回了迟迟到来的自信和爱情。

作为"别处"的写作

十八岁回法国后,杜拉斯就再没有回过印度支那,也没有再去过印度、中国这片属于童年和回忆的东方。

> 我的生命的历史并不存在。那是不存在的,没有的。并没有什么中心。也没有什么道路,线索。只有某些广阔的场地、住所,人们总是要你相信在那些地方曾经有过怎样一个人,不,不是那样,什么人也没有。我青年时代的某一小段历史,我过去在书中或多或少曾经写到过,总之,我是想说,从那段历史我也隐约看到了这件事,在这里,我要讲的正是这样一段往事,就是关于渡

---

1 玛格丽特·杜拉斯,《中国北方的情人》,参见前注,第52页。
2 同上,第53页。
3 同上,第66页。

河的那段故事。这里讲的有所不同,不过,也还是一样。[1]

既然生命的历史不存在,没有中心、没有道路和线索,那对杜拉斯而言,什么才是真实的呢?她对米歇尔·芒索说:"所有写出来的东西都是真实的。现实生活中没有任何东西是真实的。"[2]真实不是现实,真实是再现的现实。她还提醒米歇尔·芒索:"假如你要写发生在威尼斯的事,就别去威尼斯。"[3]并现身说法:"假如我回到越南,我就不可能写我的童年。对一个作家来说,那是与童年一刀两断的机会。"[4]但杜拉斯的矛盾也在于:"一个作家,决不会与童年一刀两断。他从中汲取一切。"[5]只有把童年变成文本,才可以最终从童年阴影和羞耻感中走出来,才可以投入另一种生活。劳拉·阿德莱尔在《杜拉斯传》的开篇引用了奥古斯特·斯特林堡《书信集》中意味深长的几句话:

> 我觉得自己仿佛在梦游一般,弄不懂什么是故事,什么是生活。写了那么多东西,我将自己的生活变成了影子的生活;我觉得我不再是在地面行走,而是在飘,没有重量,四周也不是空气,而是阴影。[6]

从某种意义上说,杜拉斯从来没有真正离开过印度支那,每当她俯首写作时,她就回到了那里,回到了童年。东方幽灵内化为"内

---

1 玛格丽特·杜拉斯,《中国北方的情人》,参见前注,第9页。
2 米歇尔·芒索,《闺中女友》,参见前注,第214页。
3 同上,第46—47页。
4 同上,第47页。
5 同上。
6 劳拉·阿德莱尔,《杜拉斯传》,参见前注,2000年。

心的影子"再转化为文字得到纾解和释怀,换言之,"我"成了文本,"我发现书就是我。书唯一的主题,就是写作。写作,就是我。因此我,就是书。"[1]

的确,仔细阅读杜拉斯的作品,我们不难发现,其实不管是印度支那系列还是印度系列,杜拉斯作品并不是孤立散乱的,而是一个藕断丝连、盘根错节的互文本[2],爱情故事并非这个网络的结点和主题,爱情常常是表象和素材,主题一直都是写作,孜孜不倦对写作方式的探索,"仍然写作,不理睬绝望。不:怀着绝望。怎样的绝望,我不知道它的名字。写得与作品之前的想法不一样,就是失败。但必须接受它:失败的失败就是回到另一本书,回到这同一本书的另一种可能性"[3]。玄机就在"同一本书的另一种可能性"。《写作》因此是一个很重要的文本,因为杜拉斯解剖了她自身的创作,"当我越写,我就越不存在",我如何在孤独、绝望乃至酒精中沉淀、迷失、转化为文本,最终与"我"无关。

东方(印度支那)和西方(法国)皆非故乡,生在"无处"的杜拉斯在写作中为自己的灵魂和爱情找到了诗意的永久栖居,正如《中国北方的情人》最后所预言的,离别在即:

"然后有一天,我们会说起我们自己,是跟新的人说,我们会讲述事情的经过。"

"然后,另一天,再晚些时候,很久以后,我们会把故事写出来。"

---

[1] *Libération*, 13 novembre 1984.
[2] 户思社的《玛格丽特·杜拉斯研究》(复旦大学出版社,2008)有一章专门分析杜拉斯文本的互文性问题。
[3] 玛格丽特·杜拉斯,《写作》,桂裕芳译,上海译文出版社,2005年,第22页。

"我不知道。"

他们哭泣。

"有一天我们会死的。"

"是的。棺材里将有爱情和尸体。"

"是的,棺材外面要放着书。"

"也许吧。我们还不可能知道一切。"

中国人说:

"能的。我们知道。知道将有一些书。"

不可能不是这样。[1]

2013 年 2 月,和园

---

[1] 玛格丽特·杜拉斯,《中国北方的情人》,参见前注,第 233 页。

从此，她成了作家杜拉斯

1936年冬，让·拉格罗莱（Jean Lagrolet）给玛格丽特·多纳迪厄介绍了两位他中学时代的好友：乔治·博尚（George Beauchamp）和罗贝尔·昂泰尔姆。很快，玛格丽特的心就偏向了相貌平平但个性阳光、成熟稳重、心地尤其善良的罗贝尔。小伙子比她小三岁，1917年1月5日出生在科西嘉的萨尔坦一个富有、传统、保守的天主教家庭。1937年夏天，玛格丽特和罗贝尔开着福特敞篷车一起去了北方，并正式确定了关系。也就在这一年夏天，这对"订了婚"的恋人都学有所成，罗贝尔取得了法律学士学位，玛格丽特前一年就拿到了，这一年她还拿到了另外两个高等教育的文凭，一个是公共法，另一个是政治经济学。

但很快，战争的阴影就笼罩了一切，包括他们刚刚点燃的爱情。罗贝尔·昂泰尔姆已满二十周岁，到了服兵役的年龄，他于1937年9月去了部队，被编入鲁昂第三十九步兵团。因为对服兵役热情不高，事先又没有参加过军事训练，只能当一名普通士兵。

1937年年初，玛格丽特向殖民部提出申请，想得到一份行政工作，是不是因为母亲和自身的经历无法摆脱的潜移默化的作用？6月9日，她被招聘到殖民地信息与档案处，月薪1 500法郎。1938年9月1日，她加入了法国香蕉推广委员会，之后去了种植委员会，再以后是茶叶委员会。她在殖民部的工作应该干得不错，因为不到两年的时间涨了两次工资。1939年3月1日，她回到了国际信息处，殖民地部长乔治·孟戴尔（George Mandel）下达任务很明确：和她的顶头上司菲利普·罗克（Philippe Roques）合写一本《法兰西帝国》，歌颂法国拥有的海外殖民地的繁荣和富庶，没有时间可浪费了，书必须尽快写好出版。

《法兰西帝国》于1940年4月25日出版，作者署名是菲利普·罗克和玛格丽特·多纳迪厄，书的开篇点明了这本书的目的："让所有法国人都知道，他们拥有一个巨大的海外领地，一个帝国，每个法国人都应该时刻意识到这一点。这也是一本战斗的书……法国应该知道它在殖民领域的能力，并应该以此为骄傲……帝国已经建成。是战争最后造就了帝国。"[1] 从当时的国际局势来看，法西斯的幽灵已经笼罩在整个欧洲上空，这本书因此也带着强烈的介入和行动的色彩：帝国和殖民地的子民都应该为捍卫祖国母亲而奋起抵抗德意志法西斯的侵略。

但颇有讽刺意味的是，1940年5月10日清晨，德军从荷兰至马奇诺一线向盟军发起全线进攻。三千多架飞机闪电袭击了荷兰、比利时和法国北部七十二个机场，一举摧毁了盟军的几百架飞机。5月14日，德军的坦克师和摩托化师编成的第一梯队通过阿尔登山区，随后长驱直入。5月21日，英法联军约四十个师被包围在比、法边境的敦刻尔克，开始了"战争史上最成功的一次逃亡"——敦刻尔克大撤退。德军占领法国北部后，立刻向巴黎和法国腹地发起进攻，巴黎陷入一片恐慌和溃退的败局。6月22日，法国被迫和德军签署了停战协定。

而这本书的合作者之一玛格丽特·多纳迪厄，在此后的日子里，一直用杜拉斯的笔名，通过一部部文学作品在"逆写帝国"，用她自

---

[1] 劳拉·阿德莱尔，《杜拉斯传》，参见前注，第149页。

己的话说,是弥补自己年轻时的"错误",努力用自己的方式重新照亮那片"黑暗的大陆",让世人看到它曾经被篡改的真相。

在死亡和战争的阴霾里,迪奥尼斯·马斯科洛(Dionys Mascolo)成了难得的一缕阳光。玛格丽特对他一见倾心,她觉得他"英俊,很英俊""像上帝一样英俊";他也觉得她可爱、迷人。他们之间谈得最多的是文学,玛格丽特已经在构思自己的第二部小说《平静的生活》,虽然第一部小说《塔纳朗一家》一直没有找到出版社。

玛格丽特和迪奥尼斯的相逢要感谢一个人,那就是雷蒙·格诺(Raymond Queneau),格诺也是她踏上文学之路非常重要的引路人。当时玛格丽特把《塔纳朗一家》的手稿寄给了加斯东·伽利玛(Gaston Gallimard),但伽利玛迟迟没有回复。失去耐心的玛格丽特央求罗贝尔去找伽利玛当面说情,也没有奏效。从伽利玛的档案里,我们知道当时负责审读的马塞尔·阿尔朗(Marcel Arland)给了否定意见,稿子已经被毙掉了,只不过退稿信还没有寄出。第二天罗贝尔碰到伽利玛出版社的另一个审读人雷蒙·格诺,在他的极力推荐下,格诺答应再看一下稿子。1941年3月6日,格诺读了《塔纳朗一家》,虽然他也不赞成作品发表,但他承认作者有写作天分,尽管这篇小说结构散乱,而且受美国文学,尤其是福克纳的影响太深。

在玛格丽特两次三番写信和托人去询问之后,伽利玛于5月16日给出了最后的回复:"的确,这是一部很有意思的小说,它的作者未来可期,但是像这样一部手稿还没有达到出版要求,我们注意到作者还不够成熟,手法稚嫩。"就在同一天,出版社也发了一封信给玛格丽特:

夫人:

我们读了您的手稿,觉得很有意思。在我们看来,目前出版它是不可能的事。但是如果能和您谈谈,我将非常高兴,倘若有可能,请于近几天到塞巴斯蒂安·波丹街来一趟。[1]

  信末的署名是雷蒙·格诺。格诺在办公室接待了玛格丽特,他当时三十七岁,已经出版了七部小说,格诺建议她放弃美国式的写作手法,用一种更明晰、更直白的语言切中主题。他相信她会成为一名好作家:"写吧,除了写作,什么都别干。"[2] 多亏了格诺,玛格丽特鼓起勇气把书稿转投给了其他出版社,书稿被接受了。1943年,第一部小说在布隆出版社出版,书名改成了《厚颜无耻的人》;也多亏了格诺,玛格丽特的第二部小说《平静的生活》在伽利玛出版社出版,而他正是该书的责编。从此,玛格丽特·昂泰尔姆成了作家玛格丽特·杜拉斯。

2020年,和园

---

[1] 劳拉·阿德莱尔,《杜拉斯传》,参见前注,第164页。
[2] 阿兰·维贡德莱,《玛格丽特·杜拉斯:真相与传奇》,胡小跃译,作家出版社,2007年,第75页。

"午夜"的游戏:《琴声如诉》

20世纪五六十年代,法国文坛出现以阿兰·罗伯-格里耶、娜塔莉·萨洛特、米歇尔·布托、克洛德·西蒙等为代表的"新小说派",公开宣称与巴尔扎克为代表的19世纪的现实主义传统决裂,从情节、人物、主题、时间顺序等方面入手,致力于探索新的表现手法和语言,以挖掘事物的真实面貌。在《怀疑的时代》中,娜塔莉·萨洛特指出:"时代的怀疑精神是小说家不得不尽他'最高的责任:不断发现新的领域',并防止他犯下'最严重的错误':重复前人已发现的东西。"[1] 他们不结社,也没有共同的文学宣言和纲领,但因为这一批思想和倾向相近的作家大多在午夜出版社出版他们的作品,创立于1941年的午夜出版社很快就成了一群年轻作家尝试小说革新的实验场所。尤其是1955年阿兰·罗伯-格里耶担任午夜出版社的文学顾问后,"午夜"自然而然成了他为新小说派摇旗呐喊的主阵地。

就整体而言,新小说派在思想上受弗洛伊德精神分析学、柏格森的直觉主义、胡塞尔的现象学的影响,在文艺上继承了意识流小说和超现实主义的观点及创作方法。在被贴上"新小说派"标签的作家笔下,小说的情节不再完整清晰,时间顺序被打乱,内容缺乏确切性,现实与梦境随意切换交织,对所反映的客观事物往往也不做任何

---

[1] Nathalie Sarraute, *L'Ère du soupçon*, dans *Œuvres complètes*, Paris, Gallimard, 1956, p. 74.

处理与编排,只是如实记录,忽略对人物的刻画,但对物的描写却极尽所能,往往采用"中性"词汇以免沾染上主观色彩。就像阿兰·罗伯-格里耶在《为了一种新小说》中说的那样,既然"世界既不是有意义的,也谈不上荒诞,它存在着,仅此而已……因此小说家的任务就是写出眼前所见的事物"[1]。

传统小说是对现实的浓缩,常采用全知视角,有头有尾,讲述一个完整的故事。而"新小说"则是对现实的截取,常采用中立的、局外旁观的多重视角,用冷静、准确、像摄影机一样忠实的语言对人生的"一瞬间"进行记录。淡化情节、淡化人物,注重对事物的客观描绘,用一个更实体、更直观的世界,去消解人为赋予世界的意义。虽然情节简单,往往会挪用通俗小说或侦探小说中的元素,但因为叙事打破了时空束缚,大量运用场景、细节、断片,难以再拼凑出完整的、有连贯线索的故事,只能靠读者自己在迷宫般的(互)文本和(潜)对话中发挥想象,对"不确定的世界图景"做出自己的分析和判断。尽管新小说的人物往往缺乏个性,内容也多为生活琐事,但小说家常使用词语的重复、不连贯的句子、跳跃的叙述和文字游戏,把语言试验推到极致,从而使作品变得晦涩不明。

在某种程度上说,《琴声如诉》是杜拉斯为新小说和午夜出版社量身打造的,不仅午夜出版社的社长热罗姆·兰东(Jérôme Lindon)多次热情邀请杜拉斯加盟午夜,阿兰·罗伯-格里耶更是花了两年时间游说,尤其是当后者读到《琴声如诉》的开头——杜拉斯以短篇小说的形式发表在莫里斯·纳多(Maurice Nadeau)的《新文学》(*Les Lettres nouvelles*)杂志上。罗伯-格里耶被这位作家短短几页所营造出来的浓郁的悲剧氛围震撼到了,"叙事的力度中蕴藏着一种颠覆的

---

1 Alain Robbe-Grillet, *Pour un nouveau roman*, Paris, Éditions de Minuit, 1963, p. 56.

力量",他鼓励她从另一个"不那么传统"的方向继续写下去,并且很明确地建议她删掉几段报刊上那类幼稚煽情、你侬我侬[1]的文字,杜拉斯听从了他的建议,花了三个月时间就写完了罗伯-格里耶跟她"私人订制"的小说。1957年10月16日,她写信请求加斯东·伽利玛还她自由,允许她换出版社出她的新书,加斯东·伽利玛最终做出了让步,"您就把这部手稿给别人吧。但是说好您以后的所有小说都要给我。做出这样的让步我情非得已,请感念我对您作品的关注和我对您的友谊"[2]。

创作《琴声如诉》对杜拉斯而言,是一次"深层次的断裂":"渐渐地,她的内心与世隔绝,被一种更广袤的孤独所占据。此后,她的每一步作品都像是一出拉辛的悲剧,像是在幽暗的迷宫里又跨出了一步,饱含着凌驾于一切的命运的力量。她未来的作品的语言将一次又一次重复,成为想象出来的跳板,触及事物的终极奥秘,同时甩掉风景、肖像与描写,直接奔向核心与要害。"[3] 杜拉斯不像以前那样写作了,她的语言变得越来越简洁凝练,字数越来越少,沉默越来越多,一切都在明与暗、进与退、遗忘与重复、孤独与等待、欲望与背叛、爱情与死亡之间纠缠。人们把她归入新小说派,归入"目光派",因为她的视觉写作将读者置于窥视者的位置,有点像罗伯-格里耶的《橡皮》和《嫉妒》。

《琴声如诉》的扉页写着"致 G. J.",他是杜拉斯当时疯狂爱着的情人热拉尔·雅尔洛(Gérard Jarlot),"一个英俊、阴郁、迷人、

---

1 罗伯-格里耶原话用的是"dans le genre presse du coeur",la presse du coeur 指的是二战后兴起的在报刊上刊登的一类主要讲述甜蜜爱情、幸福家庭的情感故事,起源于意大利,受众以女性为主,多采用短篇故事配照片或漫画的形式。
2 Laure Adler, *Marguerite Duras*, p. 325.
3 阿兰·维贡德莱,《杜拉斯传:一个世纪的穿越》,胡小跃、伍倩译,江苏凤凰文艺出版社,2017年,第199页。

古怪、学识渊博的男人，职业是记者，也是个作家"[1]。一个"说谎的男人"，一个情场老手。"二十岁就在伽利玛出版首部小说《白色武器》的天才作家，但他已经结婚，是三个孩子的父亲。他是维昂和阿拉贡的朋友，喜欢爵士乐和艺术；他的生活是一辆疯狂的赛车，带着他的情人呼啸而过。"[2] 1955年圣诞节，母亲去世前夕，玛格丽特在一场节日舞会上结识了热拉尔·雅尔洛。她四十一，他三十三，两人相差八岁。他们在一起说了很多话，舞会结束他提出送她回去，她拒绝了。他不死心，从朋友那里打听到她的地址，给她写了一封信，上面写着：我在某某咖啡馆等你。他等了八天，每天都来，在咖啡馆待上五六个小时。杜拉斯每天都出门，但故意不去约定的咖啡馆一带，"我非常渴望新的爱情。第八天，我走进了咖啡馆，就像走上绞架一样"[3]。他在等她，对她说他会永远等下去。她信了，他们在咖啡馆谈情说爱，把酒言欢，喝到烂醉如泥。他们一起做爱，喝酒，疯狂的爱情：暴力、酒精、情欲。玛格丽特受到了双重诱惑：迷恋他健硕的肉体，也无法摆脱对酒精的依赖。

《琴声如诉》脱胎于他们的故事，书中也有杜拉斯的儿子乌塔的影子。故事是从一节钢琴课开始的，孩子每周五到钢琴老师家学琴，年轻的妈妈始终陪着，孩子聪明且有音乐天赋，但在专制的母亲和刻板的老师面前总表现得异常沉默、异常顽固和叛逆。

那一天，楼下街上突然传来一声女人的呼叫，不远处的咖啡馆里发生了命案：一个女人死了，凶手是她的情人，男人显然还爱着死去的女人，而女人也显然是甘心赴死。第二天，妈妈又带孩子去滨海

---

[1] 劳拉·阿德莱尔，《杜拉斯传》，参见前注，第377页。
[2] 蕾蒂西娅·塞纳克，《爱，谎言与写作——杜拉斯影像记》，黄荭译，重庆大学出版社，2014年，第132页。
[3] 劳拉·阿德莱尔，《杜拉斯传》，参见前注，第379页。

大道散步，走过第一道防波堤，来到第二拖船停泊港，又来到钢琴老师那栋大楼前面。孩子问不学琴，为什么还来这里？妈妈说，为什么不？就当散步。母子俩走进那家咖啡馆，走到柜台前，只有一个男人在那里看报。她要了一杯酒，又要了一杯酒，抓着酒杯的那只手抖个不停。那个男人放下报纸，开始和她搭讪，"她并不觉得有什么可奇怪的，不禁又意乱心慌"[1]。他们聊起前一天发生的那桩命案，为什么两个相爱的人，会用这么惨烈的手段去解决"爱情的难题"[2]？为什么一百多年过去，"包法利夫人"依然还要选择"一死了之"？

她，安娜·戴巴莱斯特，进出口公司和海岸冶炼厂经理的太太；而他，肖万，冶炼厂的职工，他曾在经理在家中举办的一年一度的招待会上见过她，"穿了一件袒胸露背的黑色连衫长裙"[3]，在她一半袒露在外的胸前，戴着一朵白木兰花。这已经是另一个故事的开端，两人不知不觉宿命般走上了命案中那对男女曾经走过的路。木兰花树在这个时节，"花开得太盛，在夜里让人做梦，第二天还要使人病倒"[4]。不能承受的花香，不能承受的欲望，又一个"爱情的难题"。

或许只是不想重复一成不变的生活，一个个寂寞空虚的日子，接下来的七天，他们每天在咖啡馆见面，有时候聊天，有时候沉默，一杯接一杯地喝酒。"我是不能不来。""我来，和您的理由一样。"[5] 暗夜里，隔着围墙、隔着铁栅栏的爱在滋生，宴会上的女人心绪不宁，男人孤独的身影在铁栅栏和海滩上走了几个来回。同样绝望的爱情。

1　玛格丽特·杜拉斯，《琴声如诉》，王道乾译，上海译文出版社，2006年，第21页。
2　同上，第22页。
3　同上，第40页。
4　同上，第36页。
5　同上，第29页。

最后，安娜·戴巴莱斯特太太一个人去了咖啡馆，她说："这个星期以后，我就不来了。""这样，肯定比较好。"他回答。[1] 她说她坚持不下了。男人说他也累死了。还说工厂的下班时间快要到了，他们再也没有多少时间了。她说她害怕，但她终于吻了他，他们的嘴唇叠在一起，"冰冷颤栗的手按照葬礼仪式紧紧捂在一起一样"[2]。他说真希望她死掉，她回答，已经死了。心已死，就这样，她亲手埋葬了刚刚萌芽的爱情，感情走到了危险的边缘又无奈地绕了回来，回到循规蹈矩的生活，回到母亲和妻子的角色。

王道乾在《琴声如诉》的译后记中这样阐释作家的文学主题："玛格丽特·杜拉斯小说中展现的世界，简括说来，就是西方现代人的生活苦闷、内心空虚，人与人难以沟通，处在茫然的等待之中，找不到一个生活目标，爱情似乎可以唤起生活下去的欲望，但是爱情也无法让人得到满足，潜伏着的精神危机一触即发，死亡的阴影时隐时现。"[3] 其实，杜拉斯小说中的人物一直都在可怕的现实和无望的等待中挣扎，像《道丹太太》中的门房太太和清道夫加斯东，《工地》上没有姓名的一男一女，《广场》上的旅行推销员和年轻女佣，《昂代斯玛先生的午后》……和萨缪埃尔·贝克特一样，杜拉斯把一些渴望对话、默默等待的人物写进小说、搬上舞台，关心这些"现实的涌动，记忆的涌动"[4]。去倾听这些"被生活抛弃的人"的忧虑和不幸，倾听他们内心无尽的孤独，倾听"所有被压迫的人所共有的沉默"，倾听被消磨的生活，倾听常常不被别人和社会关注的普通人的声音。

---

[1] 玛格丽特·杜拉斯，《琴声如诉》，参见前注，第104—105页。
[2] 同上，第110页。
[3] 同上，第114页。
[4] 玛格丽特·杜拉斯，《成天上树的日子》，第219页。

值得一提的是，彼得·布鲁克（Peter Brook）执导的电影《琴声如诉》于1960年上映，根据杜拉斯的同名小说改编，由让-保罗·贝尔蒙多（Jean-Paul Belmondo）和"嘴唇像两瓣橘子"的让娜·莫罗（Jeanne Moreau）主演，后者凭借该片获得戛纳电影节最佳女演员奖。我个人很喜欢一张或许是唯一没有用电影剧照的蓝绿色的海报，画面简洁而直白，一场"飞蛾扑火的爱情"。

2020年，和园

长别离,也是长相思

从20世纪50年代末开始,玛格丽特·杜拉斯的多部小说先后被几位大导演看中搬上银幕,在电影节上频频亮相。1958年,法国导演勒内·克莱芒把《抵挡太平洋的堤坝》拍成了一部好莱坞风格的大片,大投入、大制作,有西尔瓦娜·曼加诺、安东尼·博金斯、理查德·康特、乔·范·弗利特、阿莉达·瓦莉等一众明星参演,史诗般的画面几乎赢得了媒体的一致好评。杜拉斯名利双收,用小说的改编费买下了位于伊夫林省诺弗勒堡的一栋大房子,但她的内心其实非常失望。十五岁半白人小姑娘的内心故事被忽略了,以至于很多年后,自恋的作家依旧耿耿于怀:"所有的电影,真的,都背叛了我写的小说,简直到了匪夷所思的地步。最离谱的背叛是勒内·克莱芒拍的《抵挡太平洋的堤坝》。"[1] 她所说的所有电影也包括1960年彼得·布鲁克导演的《琴声如诉》(扮演安娜·戴巴莱斯特的让娜·莫罗摘得当年戛纳电影节最佳女主角奖,但杜拉斯却认为导演"把主题搞错了");1967年朱尔斯·达辛导演的《夏夜十点半钟》(玛丽娜·墨蔻莉完美演绎了玛利亚的角色,哀怨、隐忍、痛楚的眼神令人难忘,相比之下,扮演女友克莱尔的罗密·施耐德演技显得寡淡而青涩);托

---

[1] 玛格丽特·杜拉斯,《特鲁维尔,1992年10月2日》,收入于《外面的世界》,袁筱一译,作家出版社,2007年,第244页。

尼·理查森导演的《直布罗陀水手》……

电影跟杜拉斯或者说杜拉斯跟电影结缘在那个"所有人都搞哲学，所有人都想玩电影"的特殊年代是再自然不过的事儿了。20世纪五六十年代是存在主义和新小说的年代，更是新戏剧和新浪潮的年代，"作者（家）电影"的美学特征首先是实验和先锋，一种对传统的颠覆和对个人风格的极致追求，而杜拉斯是当时公认的风格独特的作家，她的"小音乐"已经有了让人迷醉的配方。严格来说，杜拉斯真正意义上的触"电"是她和情人热拉尔·雅尔洛为1959年上映的《广岛之恋》和1961年上映的《长别离》创作电影剧本，随后出版的两部同名作品更是白纸黑字见证了导演杜拉斯的"初长成"。

根据阿兰·雷乃的回忆，他是在读了《琴声如诉》之后动了请杜拉斯"写一个爱情故事"的念头。1958年年初，阿尔戈电影公司提出要和阿兰·雷乃合作，以广岛遭原子弹爆炸为题，拍一部长片。雷乃准备写一个带有纪录片风格的剧本，但一直找不准基调，也想不出一个悲怆的情感故事作支撑，搜肠刮肚三个月无果，于是建议制片方找女作家来写。他们先找了弗朗索瓦兹·萨冈，并约好了面谈，却两次被放了鸽子。也想过找波伏瓦，但一想到她掉书袋的学究气就打了退堂鼓。最后，雷乃提议找杜拉斯，他不久前读了《琴声如诉》并为之倾倒，也很喜欢《塔尔奎尼亚的小马》和《广场》，语言的音乐性给他留下了深刻的印象，总之，他十分看好这位有"风格"的作家。

虽然杜拉斯设计了戏中戏的嵌套结构，但《广岛之恋》故事情节并不复杂：一段没有未来的爱情泛滥在一座正在废墟上重建的城市。"她"带着法国内韦尔的创伤（二战结束前夕，"她"的情人德国士兵在河边遭枪杀，而她自己被剪头发关黑屋）来到广岛拍摄电影，在这座曾经被原子弹摧毁的城市，法国女人"她"遇到了日本男人"他"，得到了自我痛苦的释放。广岛的不幸和爱情唤醒也抚慰了暗藏心底的对内韦尔的不幸和爱情的追忆。剧本和影片首先展示了一对男女在

"欲海情焰"中交缠的躯体和"情欲得到满足后的汗水",在一家旅馆房间,他们在谈论广岛。"她"对"他"说她在广岛看见了一切,而"他"却说她在广岛什么也没有见到。

杜拉斯说:"谈论广岛是不可能的。人们所能做的就是谈谈不可能谈论广岛这件事。"[1] 原本只是一个平淡无奇的偷情故事,偶遇,一夜风流,醒来后各奔东西。但不普通的,是故事发生在一座让人意想不到的城市:广岛。杜拉斯在"剧情"中坦言这是影片的主要意图之一,"它打破了用恐怖来描绘恐怖的手法",糅合了"一种必须是独特的而又'令人赞叹'的爱情"[2]。是曾经的灾难让二人在迷乱的情欲和深深的绝望中相拥、沉默、呼唤彼此的名字。影片最后,她对他说:"广岛。这是你的名字",他回答,"这是我的名字。是的。你的名字是内韦尔"[3]。广岛和内韦尔都是战争留下的创伤记忆。

从剧本和对白的创作到影片的拍摄和后期制作,这期间杜拉斯和文学顾问雅尔洛还有导演雷乃经常一起分析脚本,讨论台词,明确细节,全方位打磨影片。这部"写在胶片上的小说"[4]让杜拉斯形成了自己对电影的独特审美,不知不觉中,她已经站在导演的角度去构思电影的画面,去考虑镜头的调度、配乐和角色的选择⋯⋯虽然在拍摄过程中雷乃对剧本做了一些删改,但他采纳了大部分杜拉斯的拍摄建议并且忠实地执行了。从蘑菇云的样子,到画面上的躯体,肤色,具体到身上的汗珠,动作的细节和节奏,具体到配什么音乐,音乐的强弱和隐现,男(女)主人公的嗓音和说台词的指示,甚至还考虑到了

---

[1] 玛格丽特·杜拉斯,《广岛之恋》,参见前注,第2页。
[2] 同上,第4页。
[3] 同上,第173—174页。
[4] 《作家是一个发表作品的人》,收入于《1962—1991私人文学史:杜拉斯访谈录》,黄荭、唐洋洋、张亦舒译,中信出版集团,2018年,第18页。

画面产生的效果、观众的观感……男女主角,演员冈田英次与埃玛纽·丽娃完美演绎了杜拉斯对人物的预设,且两人的形象也十分符合剧本附录中"日本男人的肖像"和"法国女人的肖像"。

本应该是导演阿兰·雷乃的电影,却神奇地变成了剧作者的电影,杜拉斯的风格压倒了一切。这部打着新浪潮标签的影片拿下多个重要奖项:1959年在戛纳电影节上获费比西国际影评人奖,1960年获比利时影评人协会大奖,1961年获奥斯卡金像奖最佳剧本提名……让-吕克·戈达尔盛赞这部影片的原创性,认为是"福克纳+斯特拉文斯基"的天作之合。埃里克·侯麦预言:"再过几年、十年、二十年或三十年,我们就会知道《广岛之恋》是否是战后最重要的电影。"[1]

《广岛之恋》成功后,很快杜拉斯和当时的情人雅尔洛四手联弹,投入到《长别离》的剧本与对白的创作中。1961年,亨利·柯尔皮导演的同名影片获第十四届戛纳电影节金棕榈奖。又一出战争酿成的死生契阔、伤痕累累的爱情悲剧:1960年夏天,巴黎郊区的咖啡馆老板娘黛蕾丝认定一个天天路过她家门口、失忆的流浪汉就是她在二战中被关进集中营后失踪的丈夫。作品有两个耐人寻味的细节:首先是男主人公的名字,在流浪汉的身份证上,我们可以看到罗贝尔·朗代的名字,而咖啡馆老板娘丈夫的名字是阿尔贝尔·朗格卢瓦,姓名中发音的近似不言而喻,仿佛那是巨大的肉体或精神重创后记忆残存的碎片重组。第二个细节是在黛蕾丝精心安排的晚宴上,她发现流浪汉头上触目惊心的巨大伤疤。那个让他失忆,让他虽生犹死、来历不明的伤疤。

在剧本开场,杜拉斯就为电影挑选了音乐,银幕上的流浪汉唱着罗西尼作曲的歌剧《塞维利亚的理发师》中阿尔玛维瓦伯爵唱的一首咏叹调《黎明的曙光》。她引用了雷蒙·格诺的诗歌去形容男主人公:

---

[1] Kent Jones, "*Hiroshima mon amour:* Time Indefinite".

"一个与时代和世界都远离的男人,迷失路津。他像发丝一样纤细,又像曙光一样辽阔。"[1]"迷失路津"是一个隐喻,而且这个流浪汉好像还很怕警察,看到总会远远地绕开,他的"目光是空虚的。温和,但是空虚"[2]。

流浪汉在夜里孤独地唱歌,熟悉的歌声勾起了黛蕾丝的回忆,她"想听清她记忆中的声音"[3]。她开始跟踪流浪汉,故意走到他前面,撩一下头发,但他却自顾自唱着歌从她身边走过,像个陌生的路人。黛蕾丝下决心要弄清楚流浪汉的真实身份,而这个流浪汉并不清楚自己是谁,他失忆了。黛蕾丝找到他,接近他,近距离地观察他,去他栖身的破棚屋,杜拉斯脑补了一系列"特写镜头":

——他的微笑(在废品收购店的栅栏处);
——他的一只眼睛;
——他左眼的一排下睫毛;
——耳垂上的一个小伤疤;
——他的手;
——他的牙齿,以及咀嚼沙丁鱼;
——他鼻子左边的一颗痣……[4]

他的举手投足,他睡觉的样子,吃东西的样子,做剪报时打结的手法都让黛蕾丝越来越确定,这个"显得茫然、无精打采和若有所

---

[1] 玛格丽特·杜拉斯、热拉尔·雅尔洛,《长别离》,陈景亮译,上海译文出版社,2009年,第3页。
[2] 同上,第17页。
[3] 同上,第21页。
[4] 同上,第45—46页。

失"的流浪汉就是她在二战期间参加抵抗运动被法国警察抓去、后来落到盖世太保手中的丈夫。黛蕾丝找了两个亲戚,在咖啡馆的唱机上播放罗西尼的歌剧,流浪汉被歌声吸引来到咖啡馆门前,黛蕾丝邀请他进来喝啤酒。三个人在流浪汉面前演了一出戏,她们故意很大声地说着往事,希望可以唤醒他的记忆。阿尔贝尔·朗格卢瓦的姑姑却认为这个流浪汉不是自己的侄子,因为眼睛的颜色不对,个子也没那么高。但黛蕾丝坚信自己的感觉,她又去找流浪汉,邀请他来家里吃饭。

周围的人都密切关注事态的发展,黛蕾丝努力想让他记起过去,奶酪、音乐、跳舞,她小心翼翼地抚摸流浪汉的头,她摸到了那个硕大的伤疤,她伏在这个有伤疤的头上哭了。聚会结束,他要走了,他从看热闹的人身边走过。黛蕾丝忍不住大声喊他的名字,她丈夫的名字。他迟疑了一下,没有回头,继续在广场上走。大家都帮着黛蕾丝喊他,"阿尔贝尔·朗格卢瓦!阿尔贝尔·朗格卢瓦!"这时,流浪汉转过身,"在沉沉黑夜里,他缓慢地、异常缓慢地举起双手,就像一个被判处死刑的人一样"[1]。像集中营里的犯人,木然而习惯性地举起双手。广场上的人都沉默了,因为他所等待的枪决并没有发生,流浪汉发足狂奔消隐在茫茫夜色中,但黛蕾丝相信他还会回来。

杜拉斯说她写作是因为"内心的影子",那些被时间的马蹄踏碎却不甘心湮灭尘封的记忆。《长别离》的故事同样也有作家杜拉斯自身的影子。二战期间,玛格丽特和丈夫**罗贝尔·昂泰尔姆**(《长别离》中流浪汉的名字是**罗贝尔·朗代**)都参加了密特朗领导的秘密抵抗运动,罗贝尔在1944年6月的一天不幸被捕,落入盖世太保的魔爪。丈夫被捕以后,玛格丽特心急如焚,想方设法打听丈夫被关押的地点,想给他送一个包裹。在索塞街警察局的走廊上,她遇见了夏

---

[1] 同前,第111页。

尔·戴尔瓦,一个附敌分子,正是他打入了他们的组织,让很多抵抗组织的成员被捕。杜拉斯在《痛苦》中有一篇题为"某先生,化名皮埃尔·拉比耶"的文章,详细谈到了那个痛苦的时期,那个暧昧的故事:玛格丽特冲这位秘密警察抛媚眼,他迷上了她,或许她也有点受到他的蛊惑。她想通过他了解丈夫与其他被捕同志的生死和去向,他想从她口中套出更多抵抗分子的情况。"美人计"持续了几个星期,罗贝尔始终杳无音讯,玛格丽特也发现戴尔瓦不过是个小角色,并不像他自己吹嘘的那样位高权重。

一日三秋,相思成灰,漫长而煎熬的等待开始了。直到1945年5月,前去解放纳粹集中营的密特朗在德国达豪集中营里找到了奄奄一息的战友。罗贝尔·昂泰尔姆感染了斑疹伤寒,形容枯槁,一个大男人瘦得只剩下三十七八公斤。几天后,罗贝尔被接回家中。久别后的第一次重逢:

> 在我的记忆里,在某一时刻,嘈杂声停止了,我看见了他。触目惊心。在我面前。我认不出他了,他看着我。他笑了。他任我看。一种超自然的疲乏、终于能活到此时的疲乏在他的微笑中显露出来。这个微笑使我突然认出他来,但是很遥远,仿佛在隧道深处。这是一种愧然的微笑。他对自己落到这个地步、成为这副残骸感到惭愧。然后微笑消失了。他又成了陌生人。但是我还认识他,这个陌生人就是他,罗贝尔·L.,完完全全。[1]

密特朗回忆说当时玛格丽特"一动不动,完全惊呆了……随后逃到一边去了"[2]。之后的康复过程也异常凶险。如果罗贝尔从集中营一

---

[1] 玛格丽特·杜拉斯,《痛苦》,王东亮译,上海译文出版社,2012年,第65—66页。
[2] Marguerite Duras et François Mitterrand, *Le Bureau de poste de la rue Dupin*, Gallimard, 2006, p.22.

回来就吃东西很可能会死，因为他的胃和心脏都承受不了食物，但如果一直什么东西都不吃他也会死。连续十七天的高烧，只能从慢慢喂他吃流食开始，渐渐让他恢复正常人的饮食起居。

罗贝尔·昂泰尔姆在1947年出版的《人类》一书中写下了他这段集中营的经历。法国当代著名传记作家阿兰·维贡德莱评价这本书"文字奔涌而出，凭着一种神圣的力量，回顾了最幽微的细节，比如白天里最无聊的时刻、受限制的空虚生活、投向天际的一瞥、落在手中的尿液的温热、人类的残忍。那是所有人的残忍，包括党卫军、囚犯组长以及囚犯们；所有人全部集中在封闭的院内：那里就像角斗场，也像悲剧里的密室，登台表演的只有生与死，它们为了获胜而激烈地争斗，生是无欲无求的生，死是无欲无求的死……"[1]在集中营那个与世隔绝、静止不动的地方，既有时间的缄默，也有人生的缄默，那些既无法言说又不应该被遗忘的痛苦。

"痛苦"也是杜拉斯1985年出版的一本集子的书名，最初的手稿写于1943—1949年间，杜拉斯后来说这几本"战时笔记"一直被遗忘在诺弗勒堡的蓝色壁橱里。1976年，杜拉斯在《女巫》杂志上发表了一篇题为《没有死在集中营》的文章，用了笔记本上的一部分素材。罗贝尔无法接受在没有事先沟通的情况下杜拉斯擅自将他康复期间身体机能种种令人作呕的细节公之于众，两人从此彻底决裂。或许，对杜拉斯而言，作家的使命就是揭露"我们这个时代最恐怖的事情"，哪怕不堪回首，哪怕不能承受。所有长别离，所有相思苦，都必然为日后的写作埋下伏笔。

2021年，和园

---

[1] 阿兰·维贡德莱，《杜拉斯传：一个世纪的穿越》，参见前注，第128页。

杜拉斯的电影情结

一

很少有人知道，1914年4月4日出生在法属殖民地交趾支那嘉定市的法国作家玛格丽特·杜拉斯也是一个被贴上"先锋""新浪潮"标签的另类导演。从1966年第一部电影《音乐》到1984年的《孩子们》（与儿子让·马斯科洛和让-马克·杜林纳合作拍摄），杜拉斯共执导了十九部电影，其中包括四部短片，但现如今市面上尚能觅到的只有一部《印度之歌》(1975)。不过，杜拉斯真正意义上的触"电"应该回溯到1959年给阿兰·雷乃的电影《广岛之恋》写对话和剧本，该片参加了第12届戛纳电影节获评论奖，1961年获奥斯卡金像奖最佳剧本提名。也就在1961年，杜拉斯和热拉尔·雅尔洛为亨利·柯尔皮的《长别离》合作编写剧本，该片获第14届戛纳电影节金棕榈奖。

喜欢杜拉斯作品的知名导演也为数不少，勒内·克莱芒于1958年把《抵挡太平洋的堤坝》搬上了银幕，彼得·布鲁克于1960年改编了《琴声如诉》，托尼·理查森于1967年拍了《直布罗陀水手》，但杜拉斯都不领情，一副上错花轿嫁错郎的不甘不愿。而给电影写剧本更是为他人作嫁衣裳，针线活儿再好，吹拉弹唱风光大嫁的是导演班底，编剧的报酬并没有和票房扯上一毛钱关系，杜拉斯对此一直耿耿于怀（因为母亲的缘故，杜拉斯一生在金钱问题上始终看不开），她总说自己年轻时"太傻太天真"。但三十年后，在出让《情人》的电影版权问题上，杜奶奶依然感觉自己上了当受了骗白白损失了一大笔钱，委屈得跟个童养媳似的。

我想杜拉斯拍电影最直接的原因是不想自己的作品被他人背叛（也是某种自恋罢），在她看来，那些改编自她的小说的电影都"让人无法忍受"。也因为20世纪五六十年代新浪潮用"作家电影"对抗商业电影的桀骜姿态让杜拉斯对电影书写心动不已，她说："我在电影中再次寻找我在书中寻找的东西。"寻找什么？显然不是铜臭。是某种政治（正如她在1977年《卡车》中所说："我所有的电影都是政治电影，而我在政治上遭受了无法医治的创伤……"[1]）？某种和写作的孤独截然相反的团队协作？某个失落的记忆之城？还是无休无止的童年？

二

的确应该回到原点：印度支那和母亲。在《堤坝》中，约瑟夫告诉苏珊：母亲曾经和伊甸影院的一名职员深深相爱了两年，但因为孩子们，她从来没有跟他睡过一次。那时母亲为了挣外快在伊甸影院兼职弹钢琴弹了整整十年。可怕的十年。

母亲要弹奏两个小时的钢琴。她不可能看银幕上的影片，因为钢琴不仅同银幕处于同一水平面，而且远远低于电影厅的层面。在这里，母亲没有看过一部影片……"有时，我觉得自己一边弹一边睡着了。我试图看银幕时，那简直可怕极了，头晕眼花。在我脑袋上仿佛一锅黑白色的粥在沸腾，好像在晕船。"有一次，仅仅这一次，她想看电影的愿望是那么强烈，她装作生病，然后偷

---

[1] 多米尼克·奥弗莱，《一同致力于电影的岁月》，收入于《解读杜拉斯》，参见前注，第307页。

偷去看了场电影。可是，在影院出口处，一名职员认出了她，后来她再也不敢这么做了。十年间，唯一的一次她敢这么做。十年里，她一直想去看电影，而只有一次，她偷偷地去了。十年里，这个欲望在她心头始终那么新鲜，然而，她，她已渐渐衰老。过了十年，已为时太晚，她动身到了平原。[1]

被压抑的欲望，肉体的和精神的。母亲被绵长日子的绝望和疯狂啃噬了，回忆这些有关母亲的事情对孩子们而言是那么难以忍受，但"你不得不回忆这些事情，回忆伊甸影院"[2]，皮埃尔说他永远都不可能忘记堤坝，不会忘记母亲和她曾经忍受过的一切。"这就好比忘记我是谁，这不可能。"[3] 母亲占据了杜拉斯童年所有的梦境，而电影似乎也成了这个梦境理想的布景。在《堤坝》中，当苏珊拿到若先生的戒指后，她和家人决定与若先生"一刀两断"。但这枚本该改变一家人命运的戒指却被珠宝商看出有一块致命的"蛤蟆斑"，苏珊准备去找若先生，（假装）跟他和好如初，为了拿到更多的戒指。她盲目地在大街上寻找，像一个迷途的少女。"突然见到有一个电影院入口处，一家可以躲藏起来的电影院。还没有开始放映影片。约瑟夫不在电影院里。没有人在那里，连若先生也没在那里。"[4] 她不由自主地走去，钢琴响起来，灯灭了。苏珊感到自己安全了，不会再被人看见，她幸福地哭了。

下午黑暗的电影厅好比沙漠中的一片绿洲，是孤独的人的黑夜，是人为的、民主的黑夜，电影院里一视同仁的黑夜要比真正

---

1 玛格丽特·杜拉斯，《抵挡太平洋的堤坝》，参见前注，第273页。
2 同上。
3 同上，第271页。
4 同上，第184页。

的黑夜更加真实，比所有真正的黑夜更加令人高兴，让人感到宽慰，这一被选择的黑夜，向所有的人敞开，奉献给所有的人，比所有的慈善团体和所有教堂都更加宽厚仁慈，更加乐善不倦，这黑夜让人不再为所蒙受的耻辱而痛苦，所有的绝望都荡然无存，整个青春时代的丑陋的污垢都被涤荡一空。[1]

当观众都沉浸在银幕上那段刻骨铭心的爱情，恨不得自己就是男女主人公的时候，杜拉斯说："然而，观众们也许只看到为此所做的尝试，其失败他们并不知晓。因为银幕这时被照亮了，变成如裹尸布那般的白布一块。"[2] 苏珊已经看过那么多电影，那么多相爱的人，那么多的别离，那么多的搂抱，那么多最后的拥吻，"那么多命中注定的事情，那么多的残酷的，当然也是不可避免的、致命的抛弃。"[3] 在黑暗中，苏珊暗自下定决心：必须离开，离开母亲，寻找另一种存在的可能方式。在1977年上演的戏剧《伊甸影院》中，故事被更加强化了，"她是所有人的母亲。所有一切的母亲。她大喊大叫。她发出怒吼。她太艰辛。生活沉重，难以为继。"[4] 而剧本的名字也更直白地点出了杜拉斯和电影的关系。

三

离开童年，逃离印度支那，逃离殖民地腐败、不公正的一切。甚至是，暂时离开孤独的写作，走出自我，去谈论周遭的世界，去和人

---

[1] 玛格丽特·杜拉斯，《抵挡太平洋的堤坝》，参见前注，第184页。
[2] 同上，第186页。
[3] 同上，第198页。
[4] 玛格丽特·杜拉斯，《伊甸影院》，金龙格译，上海译文出版社，2018年，第10页。

接触打交道，在思想的摩擦中迸溅出创作的火花，而不是一个人关在一间属于自己的房间，面对"空白之页"的惶惑。1991年，杜拉斯送了一本《中国北方的情人》给曾经合作过《印度之歌》《巴克斯泰尔，薇拉·巴克斯泰尔》《卡车》和《夜舟》的剪辑师，还破天荒第一次给他附了亲笔题词："给我的朋友多米尼克·奥弗莱存念。往昔的奇迹，今朝依旧：为一同致力于电影的岁月。"[1] 或许是号称《情人》电影版的《中国北方的情人》又让杜拉斯回想起扛摄像机的年代：诺弗勒堡是蜂巢，摄制组围着她，她就是"蜂后"，大家一起过着人民公社的生活，一起出工，拿一样的报酬，杜拉斯给剧组所有人熬韭葱汤、煮越南饭吃。

与其说电影是断裂，不如说它是写作的延续，或另一种写作。杜拉斯说："我把电影视作写作的支撑。无须填写空白，我们在画面上挥毫。我们说话，并且把文字安放在画面之上。"[2] 从某种意义上说，杜拉斯的电影从属于书和戏剧，尽管她的电影有自己鲜明的特色，但它首先是作为作家电影，"写作的"电影：小投入、小制作、自主、自足、自由。她反对的是"制片商"的电影，当写作的"空白之页"变成电影冗长沉闷的"黑镜头"和超出常规的画外音（voix off）时，杜拉斯说她拍摄的是电影的"荒芜"艺术，摒弃一切媚俗的煽情，"毁灭吧，她说"，用（作家）电影"杀死"（商业）电影。

四

"慢"是杜拉斯电影的一大特色，出奇的缓慢，一般一部电影有

---

1 多米尼克·奥弗莱，《一同致力于电影的岁月》，收入于《解读杜拉斯》，参见前注，第306页。
2 同上。

700个镜头，而《娜塔莉·格朗热》只有250个，《恒河女子》只有152个（而且全部是固定镜头，整部电影没有一个移动镜头）。大量使用长镜头，人物很少移动，就算动，动作也极其缓慢、犹豫、心不在焉。影片缺乏事件，情节没有跌宕，一直酝酿渲染的是一种氛围，不能忍受的印度，是站着都能睡着的节奏和画面。

从《恒河女子》到《印度之歌》到《在荒芜的加尔各答她名叫威尼斯》，我们可以清晰地看到杜拉斯"杀死"电影的过程。如果说《印度之歌》还残留了一些故事和情节，在影片《恒河女子》中已经没有直接叙述任何故事，除了"声音的电影"只言片语所提到的那个故事。画面非常单调。在书中，人物的指称已经很模糊：旅行者，黑衣女人，疯子，L. V. S.（比 Lol. V. Stein 还要简略）；在电影里更简化为：他，她，女人，另一个女人。人物多数时候在走路（慢慢地走），跳舞（慢慢地跳），有时候停下来看，更经常是一动不动地待着。有观众是冲着片名《恒河女子》来的，满心以为能看到印度的景色，各种旖旎的异国情调，而他们在黑黢黢的电影院里看到的只是一片荒芜、空旷、沙子和水。影片是在法国特鲁维尔（Trouville，分开来念就是 trou-ville，洞—城）的海边拍摄的。洞开的世界，一切都在塌陷，像沙流于水，沙塔拉、加尔各答、印度都成了电影的虚构，或者说：解构。

"黑镜头"和"空白之页"就像一张胶片的正片和负片，就像《恒河女子》，用杜拉斯的话说有两部电影：一是影像的，一是声音的。影像的电影是预先设计好的，有计划，整个结构都记录在剧本中。影像的电影如期拍摄，如期合成完毕。而说话的电影，也就是声音的电影并非事先设想好的。是在拍摄完、合成完影像的电影后才有的，"这部声音的电影，它来自遥远的地方，到底是什么地方呢？它扑向影像，进入影像的领地，然后便驻扎在那里"。杜拉斯认为不应该把这些声音从影像的电影中剔除出去，因为它们或许出自"某种与电影不同的材料，也一定会通向与这部电影完全不同的另一部电影，只要它是一部空白、贫瘠、充满空洞的电影"。另一部电影就是《在荒芜的加尔各答她名叫威尼斯》，这部拍摄于1976年的影片完全没有人物，只剩下空荡荡的房子，或许这是对画面最彻底最粗暴的弃绝。

杜拉斯式的隐喻：所指的缺失，身体的缺失，我们的精神飘浮在一个失落的物质世界。

五

从某种意义上说，杜拉斯拍摄电影是为了对抗电影，即便她曾经表示她创作文本和拍摄电影的灵感同出一辙。在她看来，一般的院线电影把观众当脑残，观众花两三分脑力就可以理解，而她的电影至少要用到八分的智慧才能看懂（我想补充的是还需要十分的耐心，还不见得看得懂），她喜欢卓别林、塔蒂、勒努瓦、布莱松的电影。她最喜爱德雷耶的电影，特别是她看过很多次的《诺言》："因为他讲述与众不同的东西。他是唯一想使电影对一些超越自身的东西做出解释的人。而其他人只讲'内部的'东西，走不出电影的围墙。"她把电影看作一间储藏室，"装满了偏移的、失败的情感和各式各样的痛苦。但同时正是这点使我感到亲切……"电影不是杜拉斯艺术追求的终极目标，1984年拍完《孩子们》以后，杜拉斯带着《情人》又华丽丽地转身回到了文本，回到了写作。

> 电影终止了文本，凶狠地打击它的产物：想象。
> 但这也是它的优点：封闭。停止想象。
> 这种终止，这种封闭就叫作：电影。
> 好也罢，坏也罢；优秀也罢，糟糕也罢；电影代表着最终的停止，这种代表已经固定，一次就意味着所有，意味着永恒。

> 电影知道：它永远无法代替文本。
>
> 然而还试图将它替代。
>
> 文本是画面唯一一个不确定的承载者，电影知道这点。[1]

比如我个人很喜欢《夜舟》（中译本也译作《黑夜号轮船》），讲述的是一段电话情缘，二年的爱恋，年轻男子和他的情人只打电话，两人素未谋面。1978年拍的电影里有很多黑镜头，虽然黑暗中飘浮着缠绵的情话和绝望，坐在电影院，我始终有一种被困住的不自在的感觉。杜拉斯本人后来也曾说过："《夜舟》的写作是无法抗拒的，[但是]拍摄它却是可以避免的。"[2]

置身于"娱乐至死"的大众时代，用作家电影"杀死"商业电影注定只能是一场尚未打响就胜负已判的战斗。修建抵挡太平洋的堤坝，用西西弗的勇气，这或许就是杜拉斯的（文本—戏剧—电影）书写最打动我的地方。尽管最终（商业）电影"杀死"了作家，"卡车"行驶在"话语的高速公路"上，那是杜拉斯穿过黑夜的孤独和不妥协。

2014年4月，和园

---

[1] 《解读杜拉斯》，参见前注，第310页。
[2] 玛格丽特·杜拉斯，《黑夜号轮船》，林秀清译，上海译文出版社，2018年，第5—6页。

1984：《情人》现象

十五岁半。西贡。在湄公河的渡轮上。

《情人》最初并不是一个写作计划,而是杜拉斯的儿子让·马斯科洛想出一本关于母亲的相册,或许是为了追求卖点,他希望母亲可以给相册配点文字。溺爱儿子的老母亲欣然应允,很乐意为自己的一生再增添一点神话色彩,她命令扬给她打字。《情人》的第一遍打字稿名叫《绝对的照片》(*La Photo absolue*)。一张原本可以被拍下来而实际上并不存在的照片,一张缺失的渡轮甲板上那个白人女孩的照片。或许所有写作都是从缺失开始的,抱着一种单纯的幻想:文字可以找回逝去的时光,还有韶华。

这个形象本来也许就是在这次旅行中清晰地留下来的,也许应该就在河口的沙滩上拍摄下来。这个形象本来可能是存在的,这样一张照片本来也可能拍摄下来,就像别的照片在其他场合被摄下一样。但是这一形象并没有留下。[1]

不到三个月,杜拉斯就洋洋洒洒写了很多页。相册的想法被抛开,她决定要为自己写一本书,用第一人称。这一次,要如何讲述这

---

[1] 玛格丽特·杜拉斯,《情人》,参见前注,第 11—12 页。

个已经被她自己重复了很多次、读者也已经很熟悉的故事,这个"有所不同,不过,也还是一样"的故事?一本高度自传性的小说,还是一本高度虚构性的自传?她一再强调这个故事是她人生真实的故事,但她又说:

> 我的生命的历史并不存在。那是不存在的,没有的。并没有什么中心。也没有什么道路,线索。只有某些广阔的场地、住所,人们总是要你相信在那些地方曾经有过怎样一个人,不,不是那样,什么人也没有。我青年时代的某一小段历史,我过去在书中或多或少曾经写到过,总之,我是想说,从那段历史我也隐约看到了这件事,在这里,我要讲的正是这样一段往事,就是关于渡河的那段故事。这里讲的有所不同,不过,也还是一样。以前我讲的是关于青年时代某些明确的、已经显示出来的时期。这里讲的是同一个青年时代一些还隐蔽着不曾外露的时期,这里讲的某些事实、感情、事件也许是我原先有意将之深深埋葬不愿让它表露于外的。[1]

如何去写另一个版本的《堤坝》,或《伊甸影院》?用什么样的光芒去照亮那口记忆的深井?再次照亮那些已经被埋葬、被尘封的往事?首先,转换叙事视角:

> 我在《堤坝》里采用了我母亲和哥哥们的视角。他们把我的情人看成怪异的、憎厌的对象。他们都是种族主义者,是殖民者,打心底觉得自己高人一等。他们认为,让这个黄种人混入我们白

---

[1] 玛格丽特·杜拉斯,《情人》,参见前注,第9页。

种人，他们"办不到"。[1]

而在《情人》里，她用了她自己的视角，作为白人女孩的"她"和作为作家的"我"重写了那段发生在十五岁半、持续了不到一年半、曾经羞于承认的爱情故事。弱化了史诗般的背景、殖民地波澜壮阔的时代，强化了情感的维度，还有她的身体和"不道德"的欢愉。书写得很快，杜拉斯感觉自己回来了，"这种感觉从未有过。我不再迷失，而是回到原点。我感到自己在写作。对于其他书，我想我一直在努力进入写作的状态。可这本书，我真的在写。我不再刻意寻找写作的感觉，而是自然地写出来。"[2] 一种"流动的写作"。

写作回来了，或者更确切地说，是杜拉斯对写作有了新的认识，从某种意义上说，真实被写作消解了，笔下的故事成了亲身经历，替代了所谓的"个人历史"。

> 我们总以为人生像一条路，从起点延伸到终点。就像一本书。以为人生是一本编年史。这是不对的。亲身经历一件事的时候，我们并不自知。然后，经由记忆，我们自以为知道发生了什么。然而眼中所见的是余光，是表象。事情的其余部分被死死地、不由自主地掩盖了，无法触及。当死亡临近，这种感觉尤其强烈，看着吧，我期待那一刻。有些散落的点，闪烁的点，或者发光的线，通向阴暗难辨的区域。我们看着自己向前，却不知前方是什么。或许生命中的每个瞬间要真的经历过才能留下点什么去回味和思考。你们的历史，我的历史，都是不存在的，顶多是

---

[1] 《唯一的主题，是写作》，收入于《1962—1991 私人文学史：杜拉斯访谈录》，参见前注，第 278—279 页。
[2] 同上，第 279 页。

词汇的集合。[1]

再想去考证情人的故事究竟是传奇还是事实,玛格丽特到底有没有跟那个富有的中国人做爱变得毫无意义。记忆本身就不是恒常不变的,不断遗忘又不断更新的记忆给真实蒙上了一层"雾",建构的同时回忆也在土崩瓦解,写作就是让故事有一种"雾的厚度",模糊了文学和生活的界限,拉近了现实和想象的距离。在《卡车》中,杜拉斯就在和米歇尔·波尔特的对谈中聊到了记忆和遗忘的矛盾统一关系:

> 我们一直在写,在我们身上似乎有一个住所,一片阴影,在那里,一切都在进行,全部的经历都聚集、堆积起来。它是写作的原材料、一切作品的宝藏。这种"遗忘",是没有写出来的作品:是作品本身。[2]

记忆就像一个千疮百孔的筛子,只有把碎片一一捡回来,用想象的丝线去补缀,才能重新编织生活。对杜拉斯而言,"记忆类似一种企图,一种试图逃脱对遗忘的恐惧的尝试。……无论如何,记忆是一种失败。您知道,我所写的,一直是对遗忘的记忆。人们知道自己已经忘却了,这就是记忆,仅此而已"[3]。不管是像《广岛之恋》《长别离》中因为战争创伤导致的应激障碍,还是像《劳儿之劫》《萨瓦纳湾》中受到了不能承受、不能想象的爱情的灼烧,这种"对遗忘的记

---

1 《记忆永在眼前》,收入于《1962—1991 私人文学史:杜拉斯访谈录》,参见前注,第 291 页。
2 Entretien avec Michelle Porte, in. *Le Camion*, pp. 105–106.
3 *Marguerite Duras à Montréal*, textes réunis et présentés par Suzanne Lamy et André Roy, Québec, Spirale, 1981, p. 41.

忆"在杜拉斯身上都是写作的泉眼,有一种诗意的维度:

> 有一天我们看到一朵花——一朵玫瑰——然后我们遗忘了它,它经历了死亡——之后,我们又看到了它,认出了它,并称它为安娜-玛丽·斯特莱特:玫瑰的路程,从被发现直至这个名字,就是痛苦,就是写作。[1]

印入—遗忘—重现,这就是杜拉斯的记忆诗学,一种残损的、变形的、创造性的记忆,因写作而重现的时光。

1984年夏末,由午夜出版社推出的新书上没有标注"小说"的字样,杜拉斯说她喜欢这种荒芜的空白。她不愿意《情人》沦为一本通俗的"车站小说",中国人不是书的中心,不是她的主题,虽然成千上万的读者都这样以为,以为这一次,他们终于将走进作家最隐秘的内心花园,满足自己的好奇。事实上,"唯一的主题,是写作",就像1984年9月4日发表在《解放报》上,玛利亚娜·阿尔方(Marianne Alphant)对杜拉斯访谈的标题。

书一上架旋即引起各大媒体的强烈反响,《解放报》《晨报》《新观察家》《世界报》《观点》、法国文化台……都在第一时间做了大量报道和访谈。尤其是9月28日,她上了"猛浪谭"(Apostrophes)——贝尔纳·毕沃在法国电视2台主持的一档收视率极高、口碑极好的直播访谈节目。镜头前的杜拉斯从容、机智、真诚。《情人》首印两万五千册,在节目播出后第二天就宣告售罄,据说书店里还出现了抢购风潮。午夜出版社的发行部一天就收到了一万册的订单!出版社赶紧分两次加印,一次是一万五千册,一次是一万八千册,因为一时间

---

[1] Entretien avec Michelle Porte, in. *Le Camion*, p. 124.

找不到那么多原来设计采用的纸张。在国外也是一样的情形，各国版权代理都一窝蜂地抢着联系购买这本书的翻译版权。

前所未有的轰动。杜拉斯成了偶像，一个"文学现象"，无数读者写信给她，午夜出版社每天都要收到一摞一摞的信件，大家模仿她说话的方式，甚至是穿搭的风格：高领毛衣、坎肩、短裙、小靴子。《情人》上了龚古尔奖的名单，在《抵挡太平洋的堤坝》出版三十四年后，这一次她能否"复仇"？她会赌一时之气拒绝当初曾经拒绝了她的龚古尔奖吗？1950年，她认为最合适的年龄，最合适的书，《堤坝》却在最后一轮投票中和龚古尔奖失之交臂。从此，对她而言，这个奖就像一个熟透了的水果，散发着一股发酵发酸的味道。

一连几周，《情人》在各大畅销书排行榜上位居榜首，印数超过了二十万册。报纸上、广播里、电视上，大家都在谈论她和她的新书。11月12日，她收获了迟到的龚古尔文学奖，这一次她认为龚古尔奖没有找到拒绝颁奖给她的理由，因为政治风向标变了，密特朗当选，左派上台，"人们都有了新的行为，新的姿态。以前，他们不敢把奖颁给她。现在敢了！"[1]

销量继续一路飙升：11月底，书已经卖出四十五万册。很多国家购买了版权，先后有五十多个国家翻译了它，电影改编权也卖出了。1986年，美国人把里兹-巴黎-海明威国际最佳小说奖颁给了《情人》，杜拉斯很开心，因为她曾经（被认为）是"海明威的女弟子"，继承了"迷惘的一代"的惶惑、感性、叛逆和不满。不仅仅是普通读者，美国的大学教授们也开始关注她、研究她，邀请她去交流，很快法国和其他国家的大学教授们也纷纷加入了杜拉斯研究专家（durassiens）的行列，杜拉斯成了世界上最知名、最重要的当代作

---

[1] 劳拉·阿德莱尔，《杜拉斯传》，参见前注，第634页。

家之一。短短两年,《情人》已经卖出了一百五十万册,这还只是在法国本土。

《情人》的巨大成功让杜拉斯赚了很多钱,但因为一直不擅长理财,又总觉得别人对她有所亏欠,所以她并不觉得自己比以前更富有。到晚年,她依然保持着从小在印度支那殖民地养成的习惯,一种来自母亲对她深入骨髓的熏陶,把钱看得很重,攥得很紧,舍不得铺张浪费。她抱怨黑岩旅馆分摊的维修费太高,抱怨扬·安德烈亚太花钱,穿的衣服太高级;除了给自己添置了两件羊绒衫,她继续穿廉价的衣服,像个越南小女人一样,连碎布头也舍不得扔,偶尔还自己缝缝补补。不过她投资了房地产,还买了一辆标致405,"房子+汽车",非常符合多纳迪厄家族对金钱一贯的想象。她成了"明星",走在路上会被热心读者认出来,巴黎圣伯努瓦街也成了各国文艺青年在圣日耳曼德普雷街区必去的打卡地。

2020 年,和园

杜拉斯的新闻写作

从1957年到1993年，玛格丽特·杜拉斯先后在《法兰西观察家》(France-Observateur)、《快报》(L'Express)、《星座》(Constellation)、《七月十四日》(Le 14 Juillet)、《时尚》(Vogue)、《新观察家》、《文学半月刊》(La Qinzaine littéraire)、《女巫》(Sorcières)、《世界报》、《巴黎晨报》(Le Matin de Paris)、《解放报》、《地球》(Globe)、《晨报》(Le Matin)等报纸和杂志上发表了上百篇新闻报道、访谈、书评、影评和序言。这些不乏道德判断、人性悲悯、政治态度、艺术敏感和批评力度的"应时之作"，因为打上了杜拉斯独特的风格标签，使得通常活不过明天的新闻写作并没有随着时过境迁而被遗忘在历史的罅隙中。《80年夏》(L'été 80)，尤其是《外面的世界I》(Outside)和《外面的世界II》(Le Monde extérieur)，将这些"没有类别之分，体裁的概念很模糊，不遵从任何体裁的规定"的"杂乱的一堆"[1]结集成书，让这些散落在历史之绳上的文章摆脱了新闻的现时性，和杜拉斯的文学、戏剧、电影创作一样，闪耀着作家"文体的光华"[2]。杜拉斯针对外面世界的即时写作，一方面继承了法国知识界用文学介入现实的传统，另一方面作家对底层、罪案、司法公正的关注和个性化解

---

[1] 玛格丽特·杜拉斯，"关于文章排列的顺序"，收入于《外面的世界》，袁筱一译，作家出版社，2007年，第23页。

[2] 同上，第24页。

读带有强烈的情感和道德倾向，使她的新闻写作有一种女性独特的视角，充满了颠覆性和独创性，同时也在无形中给她的文学创作带来了新的素材和表现形式，成为联系现实和想象的神奇纽带。

介入：为外面的世界而作

杜拉斯在 20 世纪 50 年代开始尝试新闻写作，原因是多方面的，首先是时代使然：二战后法国工业发展进入"光辉三十年"（Les Trente glorieuses），随着国民经济复苏继而腾飞，民主教育和知识向下普及，大众文化成为席卷一切的潮流。虽然二战后广播和电视业蓬勃发展，视听文化越来越深入人心，成为大众了解资讯和娱乐的新宠，但报纸杂志依旧是主要的文化媒介，从某种意义上说，这是纸媒最后的黄金时代，是走向没落前的鼎盛繁荣景象。《人道报》（*L'Humanité*）、《费加罗报》、《世界报》、《震旦报》（*L'Aurore*）、《法兰西晚报》（*France-Soir*）、《解放报》等全国性报纸和以《法兰西西部报》（*Ouest-France*）为代表的地方性报纸各领风骚，虽然它们的受众不同、报道内容和风格各异，但各大报纸订户和印数在这一时期大幅增加。杂志也是如此，老牌期刊和新创杂志珠辉玉映，比如越来越受到女性读者追捧的女性杂志，除了早年的《时尚》和《大都会》（*Métropolitain*），还有《玛丽嘉儿》（*Marie-Claire*）、《世界时装之苑》（*Elle*）、《玛丽法兰西》（*Marie France*）《我们俩》（*Nous deux*）。而 20 世纪 50 年代，在雨后春笋般出现的刊物中最亮眼、影响最大的不外乎三家，一是创刊于 1949 年的《巴黎竞赛画报》（*Paris Match*），模仿美国的《生活》周刊，以专题照片、特写见长；二是创刊于 1950 年的时事政治周刊《法兰西观察家》（1964 年更名为《新观察家》），被戏称为"鱼子酱左派的半官方机关报"；三是创刊于 1953 年的《快报》，效仿美国《时代》周刊的风格，注重调查报道和新闻分析。

其次是法国知识分子政治介入的传统。当法兰西帝国开始出现裂痕，共和国遭遇了战后殖民地风起云涌的独立解放运动，印度支那战争和阿尔及利亚战争加速了法国社会各阶层在政治意识形态上的分化。战后的三十年同时也是知识分子史上的"光辉三十年"，正如里乌（Jean-Pierre Rioux）和西里内利（Jean-François Sirinelli）在其主编的《法国文化史IV》中所言，"那是因为随着意识形态重心的改变，他们的介入与日俱增：对于这些从此成为统治者的左派知识分子来说，介入社会是与知识分子身份不可分离的"[1]。而知识分子要如何介入社会呢？"普世知识分子"的代表萨特在《为知识分子辩护》中指出他应该密切关注并积极参加"于己无关的事务"[2]，尖锐批判资本主义的异化，为民众寻求解放的途径，为所有形式的压迫、不平等、不公正发声，做社会的良心和民众的代言人。

最后是个人因素，杜拉斯在1981年出版、1984年再版的《外面的世界I》的前言中细数了她为报纸写文章的诸多理由。首先是让自己走出房间，因为写书的时候作家是内视的，把自己关在书房里每天写八小时，"我蜷缩在窝里，时间对我来说是一片空茫。我害怕外界。写书的时候，我想我甚至都不读报纸。我无法在写书的间歇插进这样的事情，我不明白身边都发生了些什么"[3]。暂时离开孤独的写作，走出自我，去观察周遭的世界，去和人接触打交道，在思想的摩擦中迸溅出创作的火花，而不是一个人关在一间属于自己的房间，面对"空白之页"的惶惑。给报纸杂志写文章是外视的，要和外面的世界建立密切的联系和互动，并从中得到反馈。此外，对常常被各种运动裹挟

---

[1] 里乌、西里内利主编，《法国文化史IV：大众时代：二十世纪》，吴模信、潘丽珍译，华东师范大学出版社，2006年，第230页。
[2] Jean-Paul Sartres, *Playdoyer pour les intellectuels*, NRF, 1972, p. 12.
[3] 玛格丽特·杜拉斯，《外面的世界》，参见前注，第19页。

的作家而言,这是一种更直接的"介入"方式,旗帜鲜明地表明自己的态度和立场:

> 法国的抵抗运动、阿尔及利亚的独立运动、反政府运动、反军国主义运动以及反选举运动;或者,和你们一样,和所有人一样,想要揭露某一阶层、某一群人或某一个人所忍受的不公正——不论什么阶层;而如果一个人疯了,丧失了理智,迷失了自己,我也会因为心生爱怜而写;我还关注犯罪,关注不名誉的事,卑劣的事,特别是司法无能、社会无力之时,我会做出自己的评判——这是一种自然的评判,就像人们评判暴风雨和火灾。[1]

除以上原因,当然还有其他更为现实的理由,比如经济拮据。杜拉斯曾经给几家大众休闲报刊写些支付稿费快且稿费优渥的专栏或连载文章。她给《星座》写的文章署的是姨妈的名字:泰蕾丝·勒格朗(Thérèse Legrand),仿佛这些信手拈来、一地鸡毛的故事配不上作家杜拉斯之名。

另类的新闻写作

传统的新闻关注当前国内外发生的重大政治和社会事件,看重的是信息的时效性和真实性,记者的职责是第一时间赶到事发现场,采访当事人和见证人,客观还原事实真相,言简意明,用事实说话。但杜拉斯打破了传统新闻写作的条条框框,法国传记作家维贡德莱在《真相与传奇》中评论"她以自己独特的方式从事新闻工作,好奇心

---

[1] 玛格丽特·杜拉斯,《外面的世界》,参见前注,第19页。

极强。她潜伏着，似乎准备迎接一切。她首先感兴趣的，不是表面上重要的事情，大家都在等待的事情，而是抓住一些小事情，研究它，破解其难以解释的运动"[1]。的确，从1957年杜拉斯给《法兰西观察家》写专栏开始，她就避开了宏大主题和宏大叙事，聚焦底层人的日常，社会机器上某个松动的螺丝钉，空气中隐隐浮动的风暴的气息……她有自己独特而敏感的嗅觉，在大街上随时随地都能发现新闻素材，《阿尔及利亚人的鲜花》《下等人的巴黎》《维耶特的贵族血统》《莫尔尼公爵的沼泽地》《巴黎的拥挤》和《公交公司的这些先生们》等，作家用饱蘸情感和道德倾向的文字渲染出来，画面被定格，细节被放大，螺丝钉变得醒目，激起义愤、唤起同情、引起共鸣。这种蹲到大街上的写作"意味着即时写作。不等待。所以，这样的写作应当让人感觉到这份焦灼，这份不得已的快捷，以及一点点的不假思索"[2]。因为急切和不假思索，语言的刺也更加尖锐地卡在时间的齿轮上，刹那的停顿让读者错愕，看到某个时刻的世界映在作家眼中的样子。

杜拉斯的新闻写作不需要很强的时效性，比如《阿尔及利亚人的鲜花》，文章开头交代了事情发生的时间和地点，"大概是十多天前吧，一个星期天的早晨，十点钟，雅各布路与波拿巴路的交叉口，圣日耳曼德普雷一带"[3]。她的报道方式是文学的，有人物的肖像描写，有心理活动，有对话，有戏剧冲突和潜台词。

  一个小伙子正从布西市场往路口走去。他二十来岁的年纪，

---

[1] 维贡德莱，《真相与传奇——杜拉斯唯一的传记影集》，胡小跃译，作家出版社，2007年，第102页。
[2] 玛格丽特·杜拉斯，《外面的世界》，参见前注，第18页。
[3] 同上，第25页。

衣衫褴褛,推着满满一手推车的鲜花;这是一个年轻的阿尔及利亚人,偷偷摸摸地卖花,偷偷摸摸地生活。他向雅各布路与波拿巴路的交叉口走去,停了下来,因为这儿没有市场上管得紧,当然,他多少还是有点惶惶不安。[1]

他的不安是有道理的,很快他就被两名便衣警察逮住,推车被掀翻,鲜花散落一地。街上没有人说话,只有一位夫人嚷嚷着夸警察干得好:"如果每次都这么干,用不了多久我们就能把这些渣滓给清除干净了!"[2]但另一位夫人从她身后走过来,弯下腰,默默捡起花,朝年轻的阿尔及利亚人走去,付了钱。之后,又有其他夫人过来,弯下腰,捡起花,付了钱。一共十五位。十分钟不到,地上一朵花也没有了。最后,两位便衣终于得空把年轻的阿尔及利亚人带到警察署去了。杜拉斯敏锐地捕捉到了这一幕,她用这种司空见惯、微不足道的生活场景揭露了社会上无时无处不在的种族歧视,这个年轻的阿尔及利亚人身上折射出的是所有阿尔及利亚人当时在法国的悲惨境遇。文章没有一句评论,但作家的态度不言而喻。这也解释了为什么她会成为1960年在《121宣言》(*Manifeste des 121*)上签名的121名法国知识分子中的一员,这份宣言要求承认阿尔及利亚人寻求独立的合法权利,谴责法军的暴行,并呼吁戴高乐政府尊重法国民众拒绝参战的决定。

新闻素材可以是自己亲眼所见,也可以是道听途说,《啊,不再有绞刑了吗?》是杜拉斯在王宫咖啡馆听来的谈话。她也喜欢采访,引导人们谈论自己的生活和内心的惶惑。法国报刊研究专家玛丽-爱

---

[1] 玛格丽特·杜拉斯,《外面的世界》,参见前注,第25页。
[2] 同上,第26页。

娃·泰朗蒂（Marie-Ève Thérenty）在《女记者，女作家》一书中指出女性从事新闻业有自身的优势，"女性在采访时有一种特别的才能，因为她们特别善于倾听"[1]。杜拉斯就属于特别擅长提问和倾听的记者。她的采访对象有社会名流、行业翘楚，但更多的是最容易被忽视的群体：监狱里的犯人（《和一个不思悔改的"小流氓"的谈话》），不识字的工人（《"LILAS"这个词的高和宽差不多》），幼儿园和小学的孩子（《小学生杜弗莱斯恩可以做得更好》《人造卫星时代的孩子并不胡思乱想》《皮埃尔·A，七岁零五个月》），外来劳工和难民（《两个少数族裔聚居区》）等。因为童年和青少年时代在印度支那殖民地的经历，杜拉斯对底层疾苦和一切不公正有一种条件反射式的抗拒。

> 她是在现代历史这条摇摆不定的船上意识到自己的作用的，就像反对城市法则的安提戈涅一样。她很反叛，极为警觉，消息灵通，头脑清醒，什么东西都躲不过她的眼睛。她的语言喊出了痛苦，同情那些被邪恶的机器碾碎了的人，无情地诅咒那些压迫人、让人绝望的人。她的政治言论像古人一样猛烈，震惊了她的读者。[2]

在男性占主导地位的公共领域，杜拉斯的声音在各种媒体上都显得突兀，和主流话语格格不入，但就像在一个合唱团中，"唱错音"有时是一种策略，这是为了让别人听到自己独特的声音，杜拉斯的声音。

《杜拉斯传》的作者劳拉·阿德莱尔注意到"杜拉斯非常欣赏阿

---

1 Marie-Ève Thérenty, *Femmes de presse, femmes de lettres*, CNRS, 2019, p. 370.
2 维贡德莱，《真相与传奇——杜拉斯唯一的传记影集》，参见前注，第103页。

加莎·克里斯蒂。和她一样,杜拉斯也深深为罪恶中正常的一面和罪犯的平庸——表面上的——所迷醉"[1]。她热衷于罪案和司法审判,尤其是闹得沸沸扬扬的激情犯罪,她揣摩罪犯的心理,分析案情发生的社会根源,质疑司法审判的公正性。1957 年她在《法兰西观察家》上发表了《和一个不思悔改的"小流氓"的谈话》,这是她为司法专栏创作的第一篇有关罪案的报道。X 在十七岁半的时候认识了一批小流氓,做蠢事被判入狱三年,服刑后又认识了一批,因涉嫌窝藏被盗珠宝遭逮捕时朝地上开了一枪被判入狱二十年(后受到赦免,减了八年零五个月的刑),他认为审判的过程不合理,他在法庭上为自己辩护,陈述事实,但"法官不是根据那些事实对我进行审判的。在重罪法庭上,如果您承认了自己是个'流氓',法官就不再根据事实进行审判了,而是根据您的名声"[2]。他的开枪行为被认为是"对警察的间接射击"[3],而且在判刑前他被羁押了五年。在这五年里,他学习了许多有关罪犯权益的知识,深入研究了犯罪预审法,啃完了厚厚的《刑事法庭实用教程》,他把这本书推荐给了那位曾经说他"藐视法官"的代理检察长,因为他"意识到很多法官和律师根本不了解罪犯的权益"[4]。之后的监狱生活毁了他,他受到粗暴对待,非常害怕死在牢里,"监狱里的生活没有带给我一丁点好处。只能使人变得很坏。我们无法主宰自己。我会觉得到处都是狗屎堆,到处都是荒唐事"[5]。他感觉自己已经无药可救,"因为我无法使自己幸福。人们总以为监狱能让人有所教益,其实监狱生活什么也不能给你。它只会剥夺你享受生活

---

1 劳拉·阿德莱尔,《杜拉斯传》,参见前注,第 414 页。
2 玛格丽特·杜拉斯,《外面的世界》,参见前注,第 156 页。
3 同上,第 157 页。
4 同上,第 158 页。
5 同上,第 155 页。

的能力"[1]。杜拉斯的这篇报道揭露了当时司法和监狱不完善、不合理的地方，引起很多关注，因为这个先后坐了十四年牢的三十五岁的"小流氓"的人生被毁了，而"责任不该由他一个承担，法律、社会也应该负起一定责任"[2]。

《外面的世界》中还收录了另外三篇杜拉斯给《法兰西观察家》的司法专栏写的文章。《只够两个人的，就没有第三个人的份》写于1958年1月：六十岁的克莱芒用极端的方式摧毁了一切，包括他自己。这个案件当时非常轰动，甚至连美国《时代》周刊都做了报道。大家都觉得匪夷所思，而杜拉斯的文章抽丝剥茧，分析了这个努力奋斗了大半生，如今上了年纪却生活窘迫的男人的心理，妻子患了癌症需要大笔手术费，情妇没有工作，每周日他还要去看望母亲，工作没了，能变卖的都变卖了，能抵押的都抵押了，他还是养活不了所有人，甚至他自己，当看门人告诉他家里的电和煤气都停了之后，他崩溃了。杜拉斯说她不同情克莱芒，她的文章的存在理由就是要揭露那些被报纸认为"神秘"的犯罪理由其实一点也不神秘。《"垃圾箱"和"木板"要死了》写于1958年3月，"垃圾箱"和"木板"是两个孤儿院长大的孩子的绰号，在离开孤儿院四年以后，他们在公园持械抢劫杀人而被判死刑，年仅二十岁。所有人都觉得他罪有应得，对他们被判处死刑一点也不感到难过。而杜拉斯的文章让人们注意到"垃圾箱"这个绰号是因为他在孤儿院什么都吃，而"木板"是因为长得瘦骨嶙峋，他们的智力和十一到十五岁之间的孩子相当，非常无知，不懂法律，同龄人应受的教育在他们身上是缺失的。《奥朗什的纳蒂娜》写于1961年，是一个现实版"洛丽塔"的故事，中年人爱上了

---

[1] 玛格丽特·杜拉斯，《外面的世界》，参见前注，第155页。
[2] 同上，第154页。

女儿的朋友,"他们之间产生了一种几近疯狂的友情"[1]。他把女孩带去了森林,两人的关系是纯洁的,但警察不相信,认定他是劫持少女意图不轨,逼他承认碰过她,他要求去盥洗室,在那里用一把小刀结束了生命。在"公审"的电视播出后,杜拉斯去采访了他的妻子。

在杜拉斯看来,"没有不涉及道德的新闻写作。所有记者都是伦理学家"。因此,"没有客观的新闻写作,没有客观的记者"[2]。她想尝试一种基于事实的"主观"的新闻写作,真诚、敏锐、充满激情和正义感,既有对不公正的控诉,也有对处于社会边缘的人的深切同情和理解。她用女性的、本能的视角去审视外面的世界,相信自己的直觉,她的"慧眼"可以洞察世事和人心,让她在瞬间明白一切,感知到事实真相及其背后的隐秘。她的新闻写作是内外连通的,《外面的世界》的译者袁筱一在再版序中也说:"她的'外面'并没有那么外。她自始至终没有站在旁观的角度去看外面的世界,当她需要……走到外面的时候,她仍然毫无保留地任自己冲入这个世界,被这个世界裹挟。她观照这个世界的目光,从来不曾冷静、客观,她仍然是激烈地爱着的,激烈地爱着,所以恨,恨所有的不公平,恨所有的不可沟通。"[3]

在《外面的世界II》里,时不时地,outside 神奇地转化成了 inside,发表在《女巫》杂志上和她私人生活有关的文字,还有书中收录的未发表过的一些带着自传色彩的文章,回忆把作家带回童年熟悉的风景,大海和母亲(mer / mère)、兄弟和河流(frère / fleuve)、爱情和金钱(amour / argent),成为那根带我们追溯杜拉斯写作和

---

[1] 玛格丽特·杜拉斯,《外面的世界》,参见前注,第133页。
[2] 同上,第18页。
[3] 同上,第14—15页。

重写（écrire / réécrire）甚至逆写（déécrire）源头的隐秘丝线。忽然，所有看似散乱的文章都串了起来，一个既矛盾又统一的意象：断续（discontinuité）中的延续（continuité）或延续中的断续，关于主题，关于激情，关于反抗。杜拉斯的"外面的世界"因此是特别的，它是"内在包裹了外在，就像旋律包容了歌词"[1]。

从现实走向想象："维尔曼事件"

毋庸置疑，1985年7月17日刊登在《解放报》上的《绝妙的，必然绝妙的克里斯蒂娜·V.》（«Sublime, forcément sublime Christine V.»）是杜拉斯写过的反响最大也争议最大的对罪案的报道。这是一篇女作家凭直觉写出来的非常感性也很有煽动性的文章，杜拉斯声称自己一看到那栋孤零零杵在一座光秃秃的山丘上的房子，看到凶案发生的周围环境，就知道究竟发生了什么："罪行发生过。这就是我的想法。它超越了理智。天下着小雨，风敲打着紧闭的门窗就像出事那天一样。房子是新的。要卖掉。这是一座孚日山区的木屋，屋顶的斜度不一。周围，空旷的丘陵，荒凉的道路，低处，晦暗的冷杉林……在冷杉林间，小河流。"她相信自己一眼就洞悉了1984年10月16日被发现手脚被缚、死在孚日山区沃洛涅河里年仅四岁的小格里高利遇害的真相。她认为孩子应该是在房子里遇害，之后被丢到河里。"它超越了理智。我看到这场凶案，并没有考虑到正行使在它身上的司法公正。什么都没有。对于我而言，我只看到它在世界的中心，只和时间、和上帝有关。"杜拉斯认为是不能忍受的生活，是绝望的母亲"或许在一种柔情中，或许在一种突如其来、难以计量

---

[1] 玛格丽特·杜拉斯，《外面的世界II》，黄荭译，作家出版社，2007年，第10页。

的、疯狂的爱中,以为必须要这么做。从小河那边,没有传来任何呻吟,任何叫喊,谁都没有听到孩子的声音,当他被扔到河里的时候他已经死了"。在杜拉斯看来,在这个荒凉的地方,"生活,在这些房子里,没有人清楚是怎么回事"。一个让人难以忍受的男人,一个或许不被期待到来的孩子,无力逃离的"自由的监狱",死气沉沉的生活,一天天把过早陷入婚姻泥潭里的克里斯蒂娜·维尔曼推向疯狂,推向绝望。

凶杀案让杜拉斯着迷,或许是因为在那些极端的行为背后,困顿中幽微绝望的人性的挣扎总能深深触动作家,让她忍不住要为这些沉默失语的人发声。发表在《解放报》上的这篇报道其实并没有事实依据,刊出后立刻引起轩然大波,事件在媒体上迅速并持续发酵,闹得满城风雨。报社主编塞尔日·朱利(Serge July)心里很清楚,在案件预审期间发表这样一篇文章会招致怎样的争议和非难,在文章刊出时他已经特意加了声明,说作家的文章只是作家的个人预见,并给读者打了"预防针",说那是杜拉斯"在对现实进行幻想,寻找并不一定是真相的真相,但它仍然是一种真相,即所写文章的真相"。安娜·古索在《写作的暗房》一文中分析说它更近似于文学再创作,属于杜拉斯的虚构世界,它传达的是作家坚持不懈观察这个真实的世界,再用写作这一她唯一可以使用的武器去揭露它、重塑它。

"我看见"这几个字以顽固的方式引出一些句子,这样的开头构成了一种真正的连接点,通过其反复出现的力量,渐渐使得写作能够从社会新闻、从现实走向想象的世界,也就是走向对一个故事的建构,作家的故事,不再具有任何新闻体的特征;因此,也就是走向对意义的建构,一种特殊的意义,不能把它与事实真相等同起来。在这里,我们真正接触到了位于写作过程的中心,也就是使人们从现实过渡到文学的东西。[1]

三十多年过去,小格里高利遇害案至今未被侦破,案情错综复杂,峰回路转,扑朔迷离,很多涉案人员都感到自己受到了极大的伤害,尤其是小格里高利的父母。真相到底是什么?维尔曼夫妇一直生活在一起,虽然小格里高利事件多年来一直没有离开媒体的视线,他们的一举一动隔一段时间依然会受到媒体的关注,比如案件有了新的线索,比如之后出生的三个孩子,但伤口一直没有愈合,维尔曼夫妇一直希望能揭开他们四岁的小男孩遇害的真相。在照片上,在谈话中,那个死去的孩子无所不在,但这并没有阻碍另外三个孩子的到来,以及快乐地成长、求学,迎来各自正常的人生。

这个发生在孚日山区的故事有了一个光明的尾巴,故事中的主人公回归到平淡正常的现实生活。克里斯蒂娜·V. 不是古希腊悲剧中疯狂绝望的主妇,她也丝毫不想成为杜拉斯笔下与劳儿·V. 斯坦因或安娜-玛丽·斯特莱特齐名的女主角。《解放报》收到了无数读者质疑的信件。文学评论家里纳尔迪(Angelo Rinaldi)在《快报》上不失时机地讽刺挖苦:"杜拉斯女士证明了成为美狄亚不仅是可能的,甚至还是不可避免的,因为人们周末百无聊赖,工作日又烦恼缠身。"杜拉斯的主观臆测在此类报道中显然不合时宜,尤其深深伤害了那位不幸且无辜的母亲,但这篇文章却深刻揭示出无数和克里斯蒂娜·V. 一样的女性的真实处境。她们被孤立在大地的角落,孤立在黑暗中,无力逃脱一种既定的命运,困在由男人制定的夫妻规则里,困在被男人奴役的千年黑夜里。

---

[1] Anne Cousseau, « La chambre noire de l'écriture », in *Duras*, Bernard Alazet et al, L'Herne, 2005, p. 114.

杜拉斯再次写到"维尔曼事件"是在1987年出版的《物质生活》中一篇题为《断水人》的文章里,讲述的是几年前酷暑发生在法国东部一个村镇上的真实事件:在极度贫困中,一家四口在家里被断水后卧轨自杀。这个事件很快就淹没在当地报纸形形色色的社会新闻里,再没有人提起。但杜拉斯要做的,是复原"这个故事空白无声的部分",即断水之后到母亲从她想寻求帮助的小酒店出来这一段时间,借助女人"深沉的沉默展开成为文学"[1],切入历史,进入到故事的内部,看看这个落后无助的女人最后的心路历程。

如果这个女人自己有解释,那么这个故事也不会引起我的注意。克里斯蒂娜·维尔曼连两句话也写不端整,却使我很是激动,因为她和这个女人一样,都具有那种不可能加以测度的强烈性质。有一种发自本能的行为,不妨对它深入探查一下,人们也可以将它归于沉默。一种男性的行为很难纳入无声无息的沉默,那样做也是虚假不真的,因为男人不可能属于无声无息的沉默。在古代,在湮远的过去,千万年以来,默不出声的是女人。所以,文学是属于女人的。文学里讲的是她们,或者是她们从事文学,都是女人。[2]

这就是杜拉斯认为的文学和文学的意义——言说那些淹没在历史中的沉默无言。言说那些生活中每天都在发生的同类事件,那些人们不放在心上,很快也不再议论的悲惨事件和事件中默默死去的、无名的人。

---

[1] 玛格丽特·杜拉斯,《物质生活》,王道乾译,上海译文出版社,2007年,第142页。
[2] 同上,第142—143页。

跨文体写作:《80年夏》

特鲁维尔下着雨,1980年夏是一个多雨、迟到的夏天。黑岩旅馆的那个套间是她在1963年6月看到《费加罗报》上一则售房启事后立刻买下的。充满传奇色彩的黑岩旅馆,普鲁斯特曾经在旅馆111号房间住了很长一段时间,从那以后,这里就一直散发着《追忆似水年华》婉约绵长的气息。住在面朝大海的房间,白天可以看阳台栏杆和窗框细长的影子在地上慢慢爬过,孩子们在一望无际的沙滩上嬉戏、喧闹,到了晚上,只听到潮水的声音,仿佛枕着大海入梦,让她仿佛又回到了童年的风景里,无边无际的大海,那是一切开始的地方,包括写作。在杜拉斯和米歇尔·波尔特的访谈录《玛格丽特·杜拉斯之所》中,作家坦承"在我的书里,我总是在海边……我很早就接触了大海,在我母亲买下《抵挡太平洋的堤坝》里那块地的时候。海水淹没一切,我们破产了"[1]。让小玛格丽特感到恐惧、感到绝望的海吞没了一切,但也在黑暗中孕育了写作。因为,看海就是看一切,看沙子就是看一切,世界就倒映在深不见底的海水里。"海完全是为我而写。这就好比是一页页的纸,你瞧,一页页写满的纸,因为写满而空茫,因为不断被写,因为写满了字而难以辨认。"[2]

就在这一年夏天,她答应《解放报》的主编朱利的请求给报纸写专栏,朱利希望她在专栏里不要谈及政治或其他时事,而是与此同时发生的、杜拉斯所感兴趣的事件,这些事件不一定被每日新闻所关注。一种什么也不像,仅仅属于杜拉斯自己的东西,她看待这个世

---

[1] Marguerite Duras, et Michelle Porte. *Les Lieux de Marguerite Duras*, Minuit, 1977, p. 84.
[2] *Ibid.*, p. 91.

界的角度,把她在黑岩旅馆看得到风景的那扇窗户当成自己的报纸。"看着大海,看着这世界的碎片一点点地来到她面前。孩子的脚步,动物的印记,动物残骸。"[1]这完全不是传统意义上的新闻写作,而是一种"潜在的现实性写作,现实的意义,而不是大家都关注的爆炸性事件"[2],这个想法很吸引她,这跟她一直捍卫的"主观新闻写作"不谋而合,"像说话那样写作,像思考那样说话,她每时每刻都在思考,一切都能引起她的思考。玛格丽特还一直期望着革命的来临,为每一次革命而狂喜,总是想从一团乱麻中离析出革命的因子"[3]。因此,杜拉斯欣然接受了朱利的邀约,但她不同意写一年,也不能保证每天写一篇,最终她答应写三个月,也就是一个夏天,每周一篇。

于是,就这样,我为《解放报》撰稿。没有写作题目。但也许并不需要。我想要写雨。正在下雨。从六月十五日以来就在下雨。为报纸写稿应该像在街上走路。你走,你写,你穿过城市,它被穿过去了,它到头了,走路还在继续,同样地,你穿过时间、日子、一天,然后它被穿过去了,到头了。[4]

这是第一篇专栏文章的开头,于是,在接下来的三个月里,杜拉斯什么都谈,又似乎什么也不谈,很多的雨水,变幻无常的天光云影和海水的颜色,愚蠢的游客,愚蠢的太阳浴,火腿三明治,伊朗国王的葬礼,格但斯克造船厂工人的罢工,乌干达的饥馑,莫斯科奥运会,喀布尔的俄国坦克,飓风阿伦,会说"拉凯特,拉凯塔

---

[1] 劳拉·阿德莱尔,《杜拉斯传》,参见前注,第586页。
[2] 同上,第587页。
[3] 同上,第587页。
[4] 玛格丽特·杜拉斯,《80年夏》,桂裕芳译,上海译文出版社,2012年,第5页。

蓬"会流泪的鲨鱼,灰眼睛的孩子,夏令营的年轻女辅导员,天空中的风筝……这种信马由缰的表达方式让她再次回到了广阔的天地和人群当中,延续了她从1957年开始断断续续给报纸杂志写稿的风格。因为她并不只描写身边的日常,也谈论她对国内外各种新闻时事的看法,让遥远的事件和眼前沙滩上重复单调的风景相映成趣。在宛若与世隔绝的黑岩旅馆的房间,观察着世界的波动,理解事物和生命的无常,不透明的前途和一直困扰我们的脆弱和痛苦,但始终怀着希望。

《80年夏》就是由这些各式各样、长短不一的文章组成的,只和读者共度一夏的专栏,短暂却意味深长,"谈论当时无情地发生的灾难,但也断断续续、片片段段地讲述来来往往、奄奄一息、最后死亡但又在别处新生的生活。在这里复活,到处复活,现在就复活"[1]。复活的,还有爱情,还有文学和写作。风景、时事、回忆和个人生活都混合在80年夏的这片海水里。在安娜·古索看来,那个夏天在特鲁维尔发生的真实事件有一种超越时空的功能,一种纯粹"诗意"的功能,"它是密切结合的对童年的记忆和作家想象力的来源,同时也使新闻式的写作具有了文学倾向"[2]。黑岩旅馆里那个可以看见大海的房间于是成了"写作的暗房",某种奇妙的连通器,新闻会流向文学,同样文学也会流向新闻。

在杜拉斯笔下,不同"文体"之间没有不可逾越的界线。她的新闻写作充满文学性和激情,而社会新闻也时不时会成为她小说、戏剧和电影的蓝本。最典型的例子是1960年的戏剧《塞纳-瓦兹的高架桥》,灵感来自1949年12月发生在奥日河畔萨维尼市(Savigny-sur-

---

[1] 阿兰·维贡德莱,《杜拉斯传:一个世纪的穿越》,参见前注,第321页。
[2] Anne Cousseau, « La chambre noire de l'écriture », *op. cit.*, p. 114.

Orge)的阿梅丽·拉比允（Amélie Rabilloud）凶杀案。不堪虐待的妻子杀死丈夫后毁尸灭迹。情节在杜拉斯的书中做了调整，变成了一对退休夫妇杀害了住在他们家里负责日常生活起居的表妹玛丽-泰蕾丝将其碎尸并抛到高架桥下经过的列车上。1967年，作家又将同一素材改写成了对话体小说《英国情妇》，次年再次改编成戏剧上演。同样取材于社会新闻的作品还有1958年出版的《琴声如诉》、1960年出版的小说《夏夜十点半钟》和电影剧本《广岛之恋》、1961年的《长别离》、1966年为夏波（Jean Chapot）的第一部电影《女窃贼》写的脚本和对话等。

而《话多的女人》《玛格丽特·杜拉斯之所》《卡车》和《写作》从某种意义上或多或少都体现了杜拉斯新闻写作这种杂糅和"无所不谈"的自由风格，突破了体裁的藩篱，模糊了真实和虚构的界限。这一特色在1987年出版的《物质生活》中体现得尤为突出，书的缘起从副标题《与热罗姆·博儒尔谈话录》中可窥一斑。从1986年初秋到冬末，为了打发时间，杜拉斯和儿子的朋友博儒尔开始聊天，用一本"正处在进行时的书"，去网住逝水、飞光、爱情和"孩子们"。杜拉斯在卷首语中说：

> 这本书没有开端，也没有终结，也不属于中间部分。没有一本书是没有存在理由的，这样说，这本书就不属于其中任何一种了。它不是每日新闻，与新闻体裁不相涉，它倒是从日常事件中引发出来的。可以说是一本供阅读的书。不是小说，但与小说写法最为接近——但它在口述的时候，那情形很是奇异——就像日报编者写社论一样。[1]

---

[1] 玛格丽特·杜拉斯，《物质生活》，参见前注，第2页。

这是一本"供阅读的书",但更重要的是这是一本当下正在生成的书,一本和以往书籍都不太一样的书,杜拉斯找到了一种和自我、和他人(聊天对象是热罗姆,也可以看作广义的潜在读者)之间往复来去进行交流互动的方式,一种"流动的写法",一条"话语的高速公路"[1]。这种风格在她同时期的访谈中同样表现得淋漓尽致,仿佛一切都连成了一个巨大的互文本,"内心的影子"和外界的众声喧哗产生了共鸣,就算话题天马行空甚至跑题,但它们在她构建的世界里都是自洽的。1988年杜拉斯接受法国电视1台《作品之外》节目主持人吕丝·佩罗(Luce Perrot)的采访,当主持人问她"变得自由意味着什么"时,杜拉斯回答说:"就是成为我自己。"[2] 自由意味着敢于说真话,"我敢故我在"[3],真实表达自己对世界、对政治、对未来的看法,坚持做自己,不随波逐流,杜拉斯说:"我是自由的!我总是自己做选择。"[4] 这是记者杜拉斯的态度,也是作家杜拉斯的态度。

---

[1] 玛格丽特·杜拉斯,《物质生活》,参见前注,第9页。
[2] 玛格丽特·杜拉斯,《1962—1991私人文学史:杜拉斯访谈录》,参见前注,第394页。
[3] 同上,第425页。
[4] 同上,第387页。

"先生，您打错电话了！"
——《杜班街邮局》[1]的故事及其他

1 Marguerite Duras et François Mitterrand, *Le Bureau de poste de la rue Dupin*, Gallimard, 2006.《杜班街邮局》收录了1985年7月到1986年4月杜拉斯和密特朗的五次访谈。是《另类日志》(*L'Autre Journal*)的主编米歇尔·比代尔（Michel Butel）的主意，五次访谈于1986年2月至5月陆续刊登在该周刊上。访谈之后，杜拉斯和密特朗二人都有在伽利玛出版社结集出版的意愿，书名由杜拉斯定。她原本希望访谈能继续下去，但出于种种原因未能如愿。适逢杜拉斯和密特朗辞世十周年，法国伽利玛出版社于2006年1月将它们编辑成册，并增加了一些注释和见证史料，了却了两位友人的夙愿。

1943 年，法国抵抗运动让昂泰尔姆夫妇和密特朗走在了一起。四十二年后，杜拉斯，当年的昂泰尔姆夫人这样描述他们初次在圣伯努瓦街公寓见面的情形：

> 有些事想必您已经淡忘了。而我别的都忘了，但某些东西却记忆犹新：那是我们第一次见面，在这里，在这套公寓里。当时很晚了，你们是两个人。您坐在客厅的壁炉前面，侧着身，另一人坐在火炉前，就是旧油桶做的火炉，把报纸揉揉扔里面烧的那种。我不记得自己有没有给你们弄吃的。马斯科洛也在。你们三人一起说话，但话不多。突然您抽起烟来，整个房间都被英国香烟的味道充斥了。我已经有三年没有闻过那种味道了……[1]

当年的玛格丽特·杜拉斯还是个迷人招摇的小女人，刚刚发表了《厚颜无耻的人》，正陷在与丈夫罗贝尔·昂泰尔姆和好友迪奥尼斯·马斯科洛的三角情感纠葛里无力自拔。而密特朗化名"莫尔朗"，在巴黎大搞地下活动，四处联络抵抗分子，三天两头换住所。就在

---

[1] Marguerite Duras et François Mitterrand, *Le Bureau de poste de la rue Dupin et autres entretiens*, Gallimard, 2006, pp. 28–29.

1943年8月底,"莫尔朗"被安排到昂泰尔姆的母亲家藏身,杜班街5号,昂泰尔姆的姐姐玛丽-路易丝也在那儿住。

杜班街邮局

传单,告密,白色恐怖和星火燎原。

从1944年开始,抵抗运动进入了黎明前的黑暗,对运动核心人物的围捕和搜查更加疯狂。6月1日是个黑色的日子。那天早上抵抗组织在查尔斯·弗洛盖街有一次重要会议。有人按门铃,密特朗开了门,来人要找让·贝尔丹,而且叫的是贝尔丹的化名贝拉尔。密特朗没有怀疑,把贝尔丹叫了出来。贝尔丹一出来,来人就用手枪顶着他带走了,密特朗和其他人趁乱逃脱了。

同一天傍晚,在杜班街也有一个会议。或许是因为白天的事件,密特朗迟到了,出于一个老练的地下工作者的谨慎习惯——也正是这一习惯在那天救了他——上楼之前他在楼下的杜班街邮局拨通了玛丽-路易丝的电话,一个女人的声音回答了他:"先生,您打错电话了。"他又重拨了一次,同一个声音大叫道:"别坚持了,先生,已经告诉您拨错号码了。"密特朗听出那是玛丽-路易丝的声音,明白肯定出事了。离开邮局之前,他赶紧给杜拉斯打了电话,让她在十分钟内离开圣伯努瓦街的公寓。当杜拉斯从家里下来的时候,她看到密特朗站在圣伯努瓦街中央,和修道院街交错的岔路口上,好像暗示她哪条路该走,哪条路不该走,于是杜拉斯朝大学街走去。"直到今天,我才明白您挡在大街中央的身躯意味着什么。四十年以后。当时我只是听从了您的安排,却丝毫没有意识到个中奥妙。"[1]

---

1 *Le Bureau de poste de la rue Dupin et autres entretiens, op. cit.*, p. 22.

电话没有打错，朋友也没有交错。就在那天，玛丽-路易丝在杜班街的公寓被捕，警察在电话铃响之前就到了，一起被带走的还有罗贝尔和几位抵抗分子。而密特朗再次幸免于难。

X先生："您认识莫尔朗吗？"

丈夫被捕以后，杜拉斯心急如焚，她想方设法打听丈夫关押的地点，想给他送一个包裹。在索塞街盖世太保的大楼走廊上，她遇见了夏尔·戴尔瓦（Charles Delval），一个附敌分子，正是他打入了他们的组织，让很多抵抗组织的成员被捕。杜拉斯在《痛苦》中有一篇题为《某先生，化名皮埃尔·拉比耶》(«M. X dit ici Pierre Rabier»)的文章，详细谈到了那个痛苦的时期，那个暧昧的故事，很容易让人联想到张爱玲小说《色·戒》中的王佳芝，玛格丽特冲这位秘密警察抛媚眼，他迷上了她，或许她也有点受到他的蛊惑。前者想通过他了解丈夫与其他被捕同志的生死和去向，后者想从她口中套出抵抗分子的情况。"危险的游戏"开始了，老鼠主动走到猫跟前，说："我在找我丈夫，我想给他送一个包裹……"某先生则反问她："您认识莫尔朗（密特朗的化名）吗？"而弗朗索瓦·莫尔朗命令玛格丽特和拉比耶继续保持接触，"因为这是我们与被捕同志保持联络的唯一希望。更何况，如果我不再赴约，拉比耶就会对我产生怀疑"[1]。

抵抗组织内部对"美人计"的意见也有分歧，一些人想要立即除掉盖世太保拉比耶，一些人则希望玛格丽特迅速离开巴黎。而在一封由D^2转交给弗朗索瓦·莫尔朗的信中，玛格丽特承诺"一旦我得

---

1 《某先生，化名皮埃尔·拉比耶》，收入于《痛苦》，参见前注，第97页。
2 指迪奥尼斯·马斯科洛。

知我丈夫和小姑子已经脱离拉比耶的控制,也就是说他们已经离开法国,我将不惜一切代价,保证让组织在警方插手之前干掉他"[1]。

1985年7月24日,在杜拉斯的圣伯努瓦街寓所聊到"杜班街邮局"时,共和国总统密特朗也对在波旁宫附近和杜拉斯的那次偶遇记忆犹新:

> 我记得很清楚。我骑着自行车过来,我先不知道您在那儿。我看到您和一个人在说话,我从自行车上下来(我当时跟耍杂技一样),我说,"您好,玛格丽特,还好吗?"我看到您有点……尴尬。是拉比耶,那个正在找我并老问您"您认识莫尔朗吗"的家伙。此时此刻,那情形,显然您是认识我的,因为我过来向您问好!!我不知道您当时是什么表情,我于是明白自己犯了错,我说"再见,再见",很快就骑车溜掉了。[2]

从那时起,杜拉斯受到了组织的怀疑。感情是暧昧的也是矛盾的:"他(拉比耶)也救过一些人,一些犹太孩子。"杜拉斯事后说。她在玩火,在走钢丝,还好没有引火烧身,也没有失足。

超越死亡的友谊

杜拉斯还在等待,漫长没有着落的等待……

而自由的曙光已经渐渐染红巴黎的早晨。密特朗动身去解放最初的纳粹集中营。在德国达豪集中营:死人和"还没有完全死去的人"

---

[1] 《某先生,化名皮埃尔·拉比耶》,收入于《痛苦》,参见前注,第99页。
[2] Le Bureau de poste de la rue Dupin et autres entretiens, op. cit., p. 24.

扔在一起，"我们穿越了整个集中营，从一头走到另一头，也没有特别的路线，跨过一具具尸体……从一堆看上去死气沉沉的身体上跨过去，一个虚弱的声音响起，在喊我的名字……那简直不可思议！他又喊了几声，否则我们也找不到他，找到的时候根本认不出来"[1]。昂泰尔姆当时感染了斑疹伤寒，虚弱到了极点。在没有得到医生的检查之前，任何人不能离开集中营。密特朗立刻回到巴黎，找到马斯科洛、贝内（Bénet）和博尚，马上伪造了回集中营的许可证。马斯科洛和博尚开着车，穿着美军制服，带着假证件，顺利地进了集中营，并把昂泰尔姆当醉汉架了出来，昂泰尔姆非常虚弱，形容枯槁。车到斯特拉斯堡的时候，他们以为他虚脱了要死了，送他去了医院，护士说不会，但那样子和死人也差不多了……他们继续赶路，两天后回到巴黎，密特朗和杜拉斯一起坐在公寓的台阶上等。密特朗还记得当时杜拉斯"一动不动，完全惊呆了，随后您逃到一边去了……"[2]

在《杜班街邮局》一书的序中，密特朗的私生女玛扎琳娜·潘若（Mazarine Pingeot）也特别提到了"友谊"这个关键词：

> 弗朗索瓦·密特朗，就像人们常常指责他的，是一个忠诚的朋友，他探望每一位生病的友人，花时间去握他们的手，因为在过去的岁月里，这些手也曾支持过他。和玛格丽特的谈话首先也是出于友谊，他们相遇的记忆，共同经历的对死亡的恐惧，玛丽-路易丝的被捕和她无与伦比的勇气，这让弗朗索瓦·密特朗免于被送进纳粹集中营的命运——还是出于友谊，还有自尊——让他在死人堆中发现了罗贝尔·昂泰尔姆，是后者在密特朗参加

---

[1] *Le Bureau de poste de la rue Dupin et autres entretiens, op. cit.*, p. 19.
[2] *Ibid.*, p. 21.

最初的解放集中营时认出了他——还是友谊让这位苍白的、只有三十五公斤重、染着斑疹伤寒的男人活了下来。[1]

罗贝尔奇迹般从死亡线上挣扎了回来,杜拉斯见证了他康复的过程,先是在《女巫》杂志、后来在《痛苦》中她把这一经历写成文字发表。罗贝尔一直没能原谅她。

左派,左派

从"杜班街邮局"到"大海前最后的国家",从"天地之间"到"非洲,非洲"再到"新昂古莱姆",两位友人的闲谈很快就走出了那个阴霾的非常年代,走出了圣日耳曼德普雷区,从一个话题引到另一个话题,从法国到非洲到美国,兴之所至,思之所至。

谈起左派的政治,杜拉斯说左派的特点在她看来就是"地下的",一位左派的总统总让她感到"不正常"。密特朗分析说左派执政之所以让人觉得别扭是因为在法国历史上它是那么罕见。自从1789年法国大革命以来,左派只当政过四次:1848年,为时4个月,从2月到6月。此后政权频繁易手更迭,但每次都是从右派的手里到右派的手里。1870年,两个月,而且只是在巴黎,那是轰轰烈烈的巴黎公社,短短的两个月里,换了六次统帅!1936年,国民阵线曾执政一年。法国光复的时候,左派的确势力很强大,但当时的中心人物是戴高乐,左派和权力再次失之交臂。"之后就是1981年。可以说,第一个左派政府长期掌权的,只有我们。两百年间头一遭……所以您说的'地下的'意思我明白,但我反对。这从中也揭露了法国民众阴暗的

---

[1] *Le Bureau de poste de la rue Dupin et autres entretiens, op. cit.*, préface, p. 10.

意愿。"[1] 向右倒就是"阴暗的意愿"？小民小众追求的永远都是居安不必思危不必思变的幸福？

葡萄牙人的鳕鱼

杜拉斯敏感，也尖锐。谈到法国越来越严重的移民问题，她只提到了一则轶事，一则就够了：十五年前，在伊夫林省有一个很大的葡萄牙人聚居区，市政府在那里建了一批低租金住房，葡萄牙人和法国人都可以入住。那个年代，鳕鱼2.5法郎一千克，而不是现在的40法郎一千克，葡萄牙人成天做鳕鱼吃，幢幢大楼都弥漫着鳕鱼的味道，"空气毒害"[2] 简直上升到省级大事。显然左派斥责法国人竟敢抱怨廉价食品的气味，这种行为无疑是"种族主义"的恶劣表现。法国人从低租金住宅区搬走了。而葡萄牙人想回到过去的贫民窟，在那里他们要比住在低租金住宅区幸福得多，热闹得多。但是，市政府出于改善葡萄牙人生活条件的考虑，已经把贫民窟夷为平地，尽管这一行为事实上熄灭了葡萄牙人幸福的火焰。最终是鳕鱼的涨价让这一问题得到了解决，它们变得太昂贵了，甚至是对葡萄牙人！

"是航空母舰，不是潜水艇"

杜拉斯："您刚开始实施'黎什留'号计划。那真是奇妙。我听说造一艘潜水艇要花费七年时间。"[3]

1　*Le Bureau de poste de la rue Dupin et autres entretiens, op. cit.*, p. 39.
2　*Ibid.*, p. 55.
3　*Ibid.*, p. 69.

密特朗:"差不多。但'黎什留'号是航空母舰,不是潜水艇。……您的混淆可能是因为我也下了命令造一艘核潜艇,第七艘。它将于1994年完工。至于航空母舰,那是第一艘,它将代表我们决定性的国力。它就像一个移动机场:它所到之处,我们的飞机就有了一个基地,而从这个基地出发,它们几乎可以到达地球的每一个角落。"[1]

密特朗给杜拉斯解释了核威慑力;解释了海底从来都不寂静,虾群经过发出的声音就和地上的一场暴风雨差不多,在海里很难探测分析声源,这也是为什么潜水艇不易被敌方发现的原因,从高空往下看,人造卫星对地面上的一切东西都一览无遗,除了潜水艇;解释了里根的星球大战计划,在核武器时代想独善其身几乎不现实,以及现代战争毁灭性的后果。

听完解释,杜拉斯每每都要天真地补上一句:"那是为了便于让孩子们明白。"[2]

总统的手杖

盐湖城给密特朗留下了深刻的印象,不仅是大峡谷,还有工艺手杖。

"在大峡谷,我和大家一样住在仿农庄的酒店里,热情豪放。和所有的游客一样,我也买了旅游纪念品。一根手杖,特意买的。我一直对手杖有偏好。当我漫步乡间,我手上总有一根手杖;我不需要挂着它走路,我还没有步履蹒跚,但手杖让我散心,我用手腕转着它

---

[1] *Le Bureau de poste de la rue Dupin et autres entretiens, op. cit.*, p. 70.
[2] *Ibid.*, p. 77.

玩，遇到荆棘我就用手杖去拨开，当我带狗出来遛的时候手杖也更方便我指引它们。而且一根手杖，就是一个朋友。于是我买了一根印第安人手工雕刻的手杖，刻有许多蛇和图腾。我把它当宝贝带回国。虽然它不是什么稀罕之物，因为随便就能买到。但我很在乎它。后来有一天，在巴黎的家里，我拿着手杖耍玩，就这样，我的目光落在一行小字上：台湾制造。真是异国情调的好教训！经济的好教训！大峡谷生产什么？在美国航天航空局的所在地，是诺贝尔奖、人造器官或基础生物学！我喜欢想到这种反差。"[1]

最后的巧遇

1994年冬，在拉斯巴耶大街的海鲜馆。杜拉斯和扬一起，她一门心思吃着牡蛎。忽然一阵寂静，共和国总统走进来，他走过去和朋友们坐在一起。杜拉斯没有看见他，继续津津有味地吮吸着她的牡蛎。过了一会儿，她喝了口白葡萄酒，抬起头，看见在她的对面，弗朗索瓦·密特朗的脸。

"扬，弗朗索瓦在那边，马上去把他找来。"
我没动。
您也没坚持。您继续吃。
一段时间过去。
后来，弗朗索瓦·密特朗站起身，朝我们这桌走过来。他拥抱了您。我向他问了好。他坐在您对面。
马上您握着总统的手，说：

---

1 *Le Bureau de poste de la rue Dupin et autres entretiens, op. cit.*, pp. 131–132.

"弗朗索瓦，我有很重要的话要告诉您。"

"我听着，玛格丽特。"

"我碰到的事情就是：已经有阵子了，我变得比您知名多了，而且在全世界都如此。这真让人惊讶，不是吗？"

"不，这并不让我惊讶，我过去就知道这一点。"

……

杜拉斯死于1996年3月3日。

密特朗死于1996年1月8日。

……

当我在圣伯努瓦街的公寓客厅里告诉您共和国总统的死讯的时候，那时您已经奄奄一息，那时我每天都不知道您明天是不是还活着，您说：我知道他死了，弗朗索瓦。我听了电视新闻。

就这样。[1]

就这样，杜拉斯神话和密特朗传奇交汇时最后的光芒，曾经的野心和后世的名……

2006年11月，陶园

---

[1] *Le Bureau de poste de la rue Dupin et autres entretiens, op. cit.*, Yann Andréa, « L'adieu du Boulevard Raspail », pp. 136–137.

我译《外面的世界 II》

1997年本科毕业的那个暑假，我一直待在火炉南京，成天窝在逼仄的女生宿舍，两台小风扇，一台扇电脑，一台扇我，只为赶着翻译杜拉斯的随笔集《外面的世界II》。真的流了很多汗，天热是其一，心虚是其次，没有旁骛的日子，我的世界只有杜拉斯、电脑、茶和窗外纠结的蝉鸣。

　　我并不喜欢杜拉斯，因为她太嚣张、太爱议论、太自以为是，用儒家的话说，就是她太"过"了。尤其是看过让-雅克·阿诺拍摄的《情人》，越发让我有"多了点什么，少了点什么"的感受。我不知道如此专注于自我（《抵挡太平洋的堤坝》《伊甸影院》《情人》《中国北方的情人》《扬·安德烈亚·斯坦纳》等描述的都是她的自我世界，站在水边，贪恋自己水中的倒影）的作家，她眼中还有外面的世界？我对她更多的只是好奇，于是好奇让我接下了十几万字的翻译，还有夏天一额头的痱子。

　　之后做关于她的论文，四处收集她的小说、戏剧和电影剧本，在杜拉斯走红国内书市的时候有心无心地赶了一个时髦。杜拉斯是个多产作家，八十二年里（1914—1996）写了六十多本书（包括小说、戏剧、散文、电影剧本），拍摄了十九部电影（包括四部短片），谈来谈去谈得最多的还是她自己。法国另一当代女作家埃莱娜·西苏这样说过："对我而言，写作的故事一如生活的故事，似乎总是首先始于地狱，最初是始于自我（ego）的地狱，始于我们内在的原始而悠远的混沌，始于我们年轻时曾与之搏斗过的黑暗力量，我们也正是从那里长大成人。"在杜拉斯身上也一样，"她即文本"。

1914年4月4日（这样的日子，在江南，很容易让人联想到"死"），杜拉斯出生在印度支那的嘉定，幼年丧父，不受母亲的宠爱，和小哥哥一起成长的寂寞童年没有色彩；之后有了湄公河上的渡轮和来自中国北方的情人，昏暗的格子间和失意的爱情。十八岁那年，杜拉斯回到法国，因为故事在印度支那的开始就不完整了，所以杜拉斯只能是特别的，有一种残缺的美，让人心痛。无法把整颗心包裹好交给丈夫收藏，杜拉斯和丈夫的好友生了儿子让·马斯科洛。她的故事里有的都是"情人"，只是情人。1975年《印度之歌》在冈城上映，观众见面会上，一位年轻的大学生给六十二岁的女作家递上一本《毁灭吧，她说》。五年以后，这位比作家小了整整四十岁的大学生走进了杜拉斯的生活，从此再没有离开，这就是扬·安德烈亚，和她一起唱"玫瑰人生"，一起疯狂，一起吸烟，一起酗酒的最后的情人。怎么计算失去的，得到的，爱恨情愁，试问哪一滴眼泪是为别人，哪一滴眼泪又是为自己？"我无缘无故地哭，我对您说不出理由，就像有一种痛苦穿过我的全身，总需要有个人哭才行，那就是我。"（见《副领事》）杜拉斯的魅力或许就在这里，现代文明压抑得我们"哭不出来"，而她将堤坝推倒，让如潮水般涌来的心事宣泄在他人的面前。

行过了一个世纪，杜拉斯一直寻找的或许就是自己的归属罢，她的根在哪里？她最后都没有找到。印度支那和法国皆非故乡，她不属于任何地方，她只是从异地到他乡，就算买了几处舒适的房子，心灵依然无法栖息，永远在那艘岁月的渡轮上，不能靠岸。承受太多，日后所有的故事都带着最初故事的烙印，从一个故事到另一个故事，永远都无法摆脱那一份痛苦和忧伤，因为当年失落在西贡的爱情再也没能拾捡回来，点点滴滴都只是旧日的痕迹，清晰也罢，模糊也罢。

"内心的影子"纠缠着她,加尔各答是荒凉的,早晨的巴黎是荒凉的,世界是荒凉的,所以杜拉斯绝望。

爱如此,生活如此,写作也如此。

手擎一杯暗红色的波尔多红葡萄酒,世界于是倒映在里面,酣醉了,印度支那和法国重叠在一起,记忆之门洞开,话语像流水一般,只是多了一份酒的热度和疯狂。"我在酒精中写作",杜拉斯在《物质生活》中坦白地承认道。是酒精催化了作家的欲望和灵感,激发了话语的自由和从容。正是在某个苍凉的夜晚,酒过三巡,而睡意迟迟不来,她于是开始了《情人》的写作,开始在烟灰和绝望中描绘"恶之花"的美丽。

在1984年《情人》获龚古尔奖之前,她常常在寂寞中写作、导演和生活,但杜拉斯就是杜拉斯,她要别人注意,于是所有的文学、电影,甚至社会新闻最终都无法忽视她:名声、出版和流言。就是皮肤老得和树皮一样了,她还会在孱弱的肩膀搭上大红色的披肩,手上戴几枚抢眼的戒指,或独自,或依偎着比儿子还年轻的最后的情人走在日落的沙滩。是的,她就是那种敢为天下先也想为天下先、能为天下先的女人,她不怕:

> 我不怕,不怕任何事,什么都不怕,不怕物,不怕神,不怕这些地方和这些广袤。但当是你的时候。当是你沿着墙、玻璃、大海走,摄像机跟着你,又离开你,为了换一个镜头再次捕捉到你。总是灰色的水边,沙子,风中的飞鸟,独自一人关在芒什海峡旅馆大厅冰冷的洞窟里,没有我,我害怕。[1]

---

[1] 玛格丽特·杜拉斯,《外面的世界II》,参见前注,第249页。

现在她再也不用害怕了，什么都碰触不到她，永远与否都不重要了。最后的情人扬·安德烈亚在去年出版的《杜拉斯，我的爱》中这样写道："她一百岁。她一千岁。她也是十五岁半，等湄公河上的渡轮，中国人漂亮的汽车要载她穿过西贡的稻田……"的确，活过，爱过，写过，也就够了。

2000 年，南园

又及：

上面这两篇写于 2000 年年底，当时是《图书超市》的一个编辑约的稿。那份杂志才出了创刊号就销声匿迹了，因为什么，我不知道。只是偶尔在书橱里翻到那一期，总感到黏了一手岁月的蛛网，仿佛一个冬季的诺言，而春天一直没有如约而来……

而杜拉斯的春天似乎一直都在盛开，传奇、声名和词语的色彩。多年前读杜拉斯、翻译杜拉斯的我多少有些雾里看花；今天再看，那花已真切了许多，是不知不觉中雾慢慢散尽了，还是我在杜拉斯的文本森林里渐渐找到了属于我的那道灰色阳光？

《外面的世界》是世界映射在杜拉斯眼中的样子，不仅仅是，因为在她眼中，读者不时也能窥视到作家的内心深处，黑暗又明亮，茂盛又荒凉……

2006 年，陶园

补记：

距离 1997 年我翻译《外面的世界 II》已经整整过去了四分之一个世纪，而这本书的翻译仿佛成了一种宿命，从此杜拉斯走进了我的世界，再没有离开。在这二十五年里，我写关于她的文章，翻译她的书，她的传记，她的访谈录……我做关于她的讲座，组织她的作品朗诵会，参加关于她的国内外学术研讨会和文学交流会……慢慢地，她成了我的一个标签。

有一种爱叫日久生情，我对杜拉斯，就是这种感情。

重读《外面的世界Ⅱ》比我预想的要慢很多，因为在一样的炎夏，一样的闷热和蝉鸣声里，我穿越了杜拉斯的文字，还有我自己的四分之一个世纪。

2022 年 7 月，和园

无法拒绝,必然无法拒绝的杜拉斯

如果说1997年我翻译《外面的世界II》纯属偶然，随后我做关于杜拉斯的硕士和博士论文是出于懒惰，那么2006年组织翻译《解读杜拉斯》就已经成了一种必然（至少大家都这么认为），似乎它是我的义务，不得不坐下来沉在杜拉斯的世界里，没有理由拒绝。

或许我一直就没有真正学会拒绝。

或许我其实并不想拒绝。

或许我根本就无法拒绝。

2005年法国埃尔纳出版社刚推出《杜拉斯》，徐和瑾老师就写了一个特别报道给我当时在《文汇读书周报》上主持的版面"阅读西方"。这是该出版社完成的第86本"手册"，以纪念杜拉斯辞世十周年，这份殊荣无异于给她颁发了一张正式前往"不朽"的通行证。

如果说杜拉斯生前是一个备受争议的人物，她的生活和她的写作在作家辞世十年后渐渐披上了神话的殓布，成为圣物被包裹起来供奉在文学的殿堂，所有对她的憎恶和非议都慢慢平息了，最后只留下了缅怀和热爱。在这一特定的接受语境下，《解读杜拉斯》见证的是五十多位法国和世界各地的杜学专家对她的热爱，要么是和杜拉斯一起生活过、交往过、工作过的亲朋好友，要么是迷恋乃至"吞食"她的多种书写的阅读者和研究者。他们从各自不同的角度勾勒出作家姿态万千的身影：传奇中的她，写作中的她，戏剧中的她，电影中的她,音乐中的她,她笔下的世界和世界眼中的她……

作为一部全面认识、深入剖析杜拉斯人生和创作的"国际化""集合型"的最新研究成果,《解读杜拉斯》通过其生平和传记、文本—戏剧—电影—音乐书写、异域之声(杜拉斯在国外的接受和影响)三条时而平行、时而交错的主线,牵引我们走进杜拉斯存在的内核:写作。该书还收录了杜拉斯多篇"从未发表的、像浮标一样散落在途中的文本",在学院派、非学院派纷纭的诠释和过度诠释中保持了作家自己特立独行的声音,既是一种召唤,又是一种回应。

面对这么一本"教堂"般宏大的著作,翻译无异于把建筑的一块块砖石拆卸下来,搬到另一种语言、另一种文化中再砌筑回去。在语言拆卸—搬运—重建的过程中,意义难免在自觉不自觉地损耗、变形和整合。当我答应胡小跃"承包"这一工程并在半年内完工的时候,的确非常犹豫和忐忑,还好几个和我一样喜爱杜拉斯的研究生(曹丹红、祖志、孔潜)很快就同意参与进来,和我一起一头扎进杜拉斯的文字迷宫。一个人迷失是可怕的,但寂寞中,如果听到他人亦在寻觅的足音,心灵往往就有了一份慰藉,于是互相鼓励着,我们渐渐摸到了门、找到了正确的出口。

因为芜杂,因为艰深,在意义的岔路口停留的是译者的踌躇和困惑,必须做出抉择,是舍是得,舍得舍不得,你都必须前进。暗夜里,文字是"苦译犯"的枷锁,但意义常常是调皮的小鱼,眼看着小鱼从语义的网眼里哧溜跑了,拽上来网轻飘飘、湿漉漉的,一甲板渔夫的惆怅和无奈映着月光清清凉凉。但幸运的是,我不是孤独的渔夫:《解读杜拉斯》的主编贝尔纳·阿拉泽先生、"国际杜拉斯学会"会长玛德莱娜·博格马诺女士,他们悉心的解惑和点拨让我深切地感受到了他们为人的敦厚和治学的严谨;POL出版社的让-保尔·伊尔什(Jean-Paul Hirsch)在去年中秋节的时候把他们社刚出版的杜拉斯的《战争笔记和其他文本》当作"月亮的礼物"馈赠给我，他说这本书是"那么美，那么美"；法国作家玛丽·达里厄塞克（Marie Darrieussecq）为我寄来了《欧罗巴》杂志推出的杜拉斯辞世十周年纪念专刊，里面有一篇她写的文章，谈到20世纪80年代杜拉斯写作对当时还是中学生的她一生的启示："可以一边写作一边活着，可以一边做女人一边写作"；周冉寄来上海译文出版社名家翻译的"玛格丽特·杜拉斯作品系列"；胡小跃寄来海天出版社出版的和杜拉斯相关的作品和传记……

于是，六个月，四个人，七十万字竟然完成了。或者在不知不觉中，杜拉斯已然成了我象牙塔里抱残守缺的积习，戒不掉的"读瘾"，或者我早就已经是一名杜拉斯"中毒者"，而苦译《解读杜拉斯》或许是某种意义上的"以毒攻毒"？

一直很喜欢杜拉斯的一张照片：她苍老了，满脸镌刻着时光沟沟壑壑的足迹，握着笔，大大的玳瑁眼镜，镜片上印出年少的她和母亲在印度支那拍的合影。如一种启示，照亮了杜拉斯整个的人生：童年、母亲、自我和写作。

杜拉斯说：如果知道2050年还有人读《劳儿之劫》，她会死得从容一些。而我们，目睹了杜拉斯的"小音乐"被载入世界经典的读者，势必在2050年还会阅读《劳儿之劫》，阅读杜拉斯。缘于同一份对文字的迷狂。

"没有什么可以阻挡！"

2006年11月，陶园

周末，主题杜拉斯

立春以来气候一直不太正常，乍暖还寒，乍寒还暖，反反复复没个消停，很意外竟然让我想到J. 希利斯·米勒（J. Hillis Miller）一本文论的书名《小说与重复》（*Fiction and Repetition*）。我更愿意把fiction看作记忆一厢情愿的言说（寓于言），是文本对真实的虚构和错位的再现，尽管作者都会期期艾艾地向读者隐晦／直露地表白："此言非虚"。

春节前，法国驻华使馆文化处的埃尔莎（Elsa）就发了邮件过来，邀请我和袁筱一参加4月10—11日在法国文化中心举办的"纪录片展映——玛格丽特·杜拉斯主题周末活动"。我知道这又是一个"必然无法拒绝"的邀约，因为杜拉斯。活动计划放映伯努瓦·雅各（Benoît Jacquot）拍摄的《玛格丽特·杜拉斯：〈写作〉和〈年轻的英国飞行员之死〉》（1993），两部纪录片通过与女作家对话的形式，勾勒出其后出版的两个同名文本的轮廓。同时计划放映的还有杜拉斯自己导演的《阿嘉塔或无限的阅读》（1981）。不过举办方出于受众的考虑，临时将三部影片换成了"比较好看的"《印度之歌》《毁灭吧，她说》和柬埔寨导演潘礼德（Rithy Panh）根据杜拉斯小说《抵挡太平洋的堤坝》改编的同名电影。在最后这部2008年上映的影片中，法国实力派女演员伊莎贝尔·于佩尔（Isabelle Huppert）像雕塑一般伫立在东南亚一望无际的水稻田里，饰演女作家杜拉斯那位倔强、疯狂又绝望的母亲。

每次参加和杜拉斯有关的文化活动，总有人问我杜拉斯那个中国情人的名字，这次也不例外，好像作为中国的杜拉斯研究者，我必定对让-雅克·阿诺在电影中着力晕染的那个凄美的爱情故事了若指掌，仿佛我有责任掀起文本，为故事的每一个细节找到妥帖的注脚。其实有很长一段时间，我没弄清楚情人到底叫"李云泰"还是"黄水梨"，后来有"好事者"找到了他的墓，网上有照为证。杜拉斯在近半个世纪不同时期的文本中叫他雷奥、若先生、情人、来自中国北方的情人……在1991年的版本里，升级版或者说终结版，情人被塑造成一个爱祖国爱人民的模范华侨，他成了杜拉斯心目中中国形象的化身。当我用五个版本的"情人"来解构这个越来越让人信服的爱情故事，试图给杜拉斯的写作一个可能的理由时，我仿佛听到几个大学文科女生心的碎裂声，比杜拉斯的文本还要绝望的幻灭。

生活和写作的互文，小说、戏剧和电影的互文，说到底，杜拉斯一直在讲述的是一个写作的故事："身在洞里，在洞底，处于几乎绝对的孤独中而发现只有写作能救你。没有书的任何主题，没有书的任何思路，这就是一而再地面对书。无边的空白。可能的书。面对空无。面对的仿佛是一种生动而赤裸的写作，仿佛是有待克服的可怕又可怕的事。"反反复复写同一个故事，同一本书，去照亮同一个故事尚处在黑暗中的情感，去探索"同一本书的另一种可能性"。这就是杜拉斯写作的奥秘和魅力。

朱利安·格拉克（Julien Gracq）说，人们不会以材料去评判一个作家，"而是以他处理这些材料的方式；即使他是小说家，人们也不会要求他创造一个世界，而是一种风格。风格可以拯救一切，说明一切，忘记一切。艺术是一种形式至上的话语而非其他。"重要的是风格。所以杜拉斯1973年发表在《女巫》杂志上的"韭葱汤"也带着文学的神奇配方：

我们以为自己会做，这件事看上去是如此简单，以至于我们经常会有所疏忽。煮十五到二十分钟就够了，而不是两个小时——所有的法国女人煮蔬菜和汤往往都煮得太久。还有，最好在土豆开的时候再把韭葱放进去，这样就可以保持它的绿色，而且闻上去要香得多。还有得注意韭葱的配量：两个中等的韭葱配一公斤的土豆正好。饭馆里，这种汤从来都做不好：总是煮得太久（不是现煮的），太"陈"了，它是那么黯淡，那么悲伤，和其他法国外省的"蔬菜汤"差不了多少。不，我们如果要做韭葱汤，就必须认真去做，避免"把它忘在炉子上"，否则它就不成其为韭葱汤了。[1]

一切皆可文学，不论是这锅让"每一寸肌肉也得到了浇灌"的韭葱汤，还是杜拉斯一次次化到各种文本中"被神化"的自身经历。她最终成了"纸上的杜拉斯"，成为作品中的一个"人物"，怀着希望，怀着绝望，等待"无限的阅读"。

2010 年 4 月，陶园

---

[1] 玛格丽特·杜拉斯，《外面的世界》，参见前注，第 334 页。

是杜拉斯让我结识……

有些人一辈子都不会遇到，如果当初我选择的不是《外面的世界II》，不是杜拉斯。

一

约见杜拉斯学会主席玛德莱娜·博格马诺（Madeleine Borgomano）原本不在我南方调研的计划里。那是 2005 年 2 月，巴黎街头的电话亭：

"喂，请问是博格马诺夫人家吗？"
"是的，我是博格马诺先生，您找我夫人何事？"
"我是南京大学法语系的教师，现在注册在巴黎第三大学-新索邦做关于杜拉斯的博士论文，研究她的东方情结及其作品在中国的接受。我下周要去艾克斯-普罗旺斯大学调研，如果可以，想约博格马诺夫人请教一些问题。"

一定是"中国"这个词突然打动了这位审慎的老先生，我听见他在电话里热切地叫："玛德莱娜，你的电话，中国。"因为那是我第一次去艾克斯-普罗旺斯，老夫人和我约好时间在我预订的旅店大堂见，仿佛担心我这位中国小姐会"像水消失在沙中"那样迷失在法国南方暖色的街巷里，也因为她没有手机，"我丈夫也没有，我们没觉得有什么不方便"。

的确也没什么不方便,到了约定的那天,我提前一刻钟下楼,在旅店大厅的沙发上坐下,沙发有些年头了,坐下去就陷在里面,仿佛我的心也一下子掉了进去,突然时间变得很漫长。一阵穿堂风,有人推门进来,我急忙起身相迎,又愣在那里。一位老人径直朝我走来,伸出手:

"我是博格马诺先生。"

"可是先生,可是夫人……"

"我夫人马上进来,因为晚了几分钟,她怕您着急,让我先赶紧进来说一声。"

门又被推开了,一位裹在大衣围巾里的老夫人慢慢地挪进来,她异常孱弱、苍白,一边抱歉一边脱下大衣围巾,手脚的动作有些别扭,隐约有点小儿麻痹症的影子。"太冷了,泉水都结冰了,很多年没碰到这么冷的冬天。"我要了热咖啡,但很快也凉了。南方的暖气跟冬天的太阳一样,懒洋洋的。

很快说起杜拉斯,说起我的1999年年底答辩的硕士论文,"我做的是《写作与毁灭——杜拉斯的'书写'风格研究》,探讨杜拉斯小说—电影书写的互动关系,您写的《杜拉斯的电影书写》给了我很多启发……""那本书在法国已经绝版了,您是怎么找到的?"夫人摸着挂在胸前的珍珠项链,很好奇。"当时托了一位法国朋友买,但他说书店里已经买不到了,于是跟出版社联系,发现出版社已经倒闭了,他孜孜不倦竟然找到那家出版社还没有处理出去的仓库,买的时候还按库存书打了个折给他。"随后谈起杜拉斯在中国的影响,谈起我博士论文的一些困惑,我遗憾自己无缘听到作家本人谈她的作品。她说她从来没有约见过杜拉斯,甚至连想都没有想过,有些场合几乎是刻意不去遇见她,我觉得眼前这位顶级的国际杜拉斯研究的专家简直不可思议。"我一直是做文本研究的,我尊重文本,我更愿意和作家本人保持这份距离。而且我相信自己的解读。"我真希望自己也有她的这份自信,在杜拉斯的文本森林和评论的泥潭里守着自己耕种的庄稼,一直守着。

她说 4 月初在南锡二大要举办题为"玛格丽特·杜拉斯:边界和僭越"的国际研讨会,很多知名的杜拉斯专家都会去,她给了我会议负责人安娜·古索(Anne Cousseau)的联系方式:"就说是我邀请的。"于是两个月后我在南锡二大再次见到她,被簇拥在参会的杜拉斯专家中间,像一位慈祥的祖母,依然是谦逊而有些腼腆的笑容。她过来和我拥抱,还有她先生,于是大家都认识了我这位编外的"准专家"——会议唯一的中国学者,"我们很想听听中国的声音","会听到的",博格马诺夫人拍拍我近四百页的论文(当时我刚做完论文,等着 6 月中旬在新索邦答辩)很肯定地说。一个小插曲:谈到中国情人的时候,大家一致要求我用中文说一下他的名字。我用非常标准的普通话说了一遍,大家都扭着头,出神地望着我,不知道他们在那一刹那看见了中国还是瞥见了"情人"被杜拉斯"神话了"的面容……

二

就是在南锡二大我遇到了米歇尔·波尔特,电影导演,杜拉斯学会的前主席。她给会议带来了新近执导的《昂代斯玛先生的午后》,改编自杜拉斯的同名小说,该片在 2004 年戛纳影展上颇受瞩目。"这本玛格丽特的书我一直很喜欢。故事一下子就打动了我:老人对女儿瓦莱丽的爱,他生命中最后的爱,完全绝对的爱,这会感动所有人。在这本书中,玛格丽特贴近了所有人都曾经历的普遍的情感。就是主题的单纯吸引着我。我老是对玛格丽特说:'如果你有一个文本是我想搬上银幕的,那就是《昂代斯玛先生的午后》。'她回答说:'如果我不拍,我死以后你来拍。'因为那原本是她想拍的一部电影。"

我知道波尔特和杜拉斯是好友,交往多年,合作多年,在杜拉斯1966年导演第一部影片《音乐》的时候,年轻的波尔特就已经出现在摄制组了。在巴黎三大的图书馆,我看过《卡车》(1977)后面她和杜拉斯的访谈,她拍摄的《萨瓦纳湾,是你》(1983),但很遗憾没能找到她之前拍摄的《玛格丽特·杜拉斯之所》(1976),只查到了1977年出版的同名访谈录。

但我不知道《昂代斯玛先生的午后》竟然是在导演自己南部的家中拍摄的。"在我开始改编的时候,我天真地花了很长时间去寻找一个和玛格丽特书中描写相似的地方,也就是说一个可以看得见大海、可以俯瞰山下村庄的所在。而与此同时,我自己就住在一个非常偏僻的地方,树木环绕,但不在海边,因为我的房子在沃克吕兹山区。那个地方,我非常了解,我熟悉那些树木、场地、光线;我很依恋那里。我越是想到它,我就越对自己说我可以在那里拍摄。随后我想起玛格丽特·杜拉斯第一次来看我,在那里,她一开始说的话中有一句就是:'啊!可不是昂代斯玛先生的房子。'这句话,我听见了,后来忘记了,我尽力要找一个和书上相似的所在。慢慢地,我意识到我想在那里拍摄,在那个地方,把故事锁定在那个地方。"的确那个地方迷住了所有参加会议的杜拉斯专家,也包括我。电影放映结束,灯光亮起,一时间竟然没有人提问,大家都沉默着,仿佛还羁绊在大提琴低沉的诉说里,走不出昂代斯玛先生枯寂的等待。

会议结束那天中午,大家在教室吃简餐,涂着黄油奶酪,夹着火腿色拉、咖啡茶面包,聊天留地址许诺一定联系。波尔特有一会儿站在我身边,问我喜不喜欢她的电影。我使劲地点头:

"特别喜欢影片里的风声,我不知道……"

"是现场录的，我住的山上风一直很大，一开始我以为会影响角色对话的声音效果，后来发现那风声也是一个不可或缺的角色，一种情绪抑或一种氛围最自然的言说。"

"很喜欢米歇尔·布盖的眼神，在穿过树叶枝桠的光线中，还有那些石头……"

"平时我住巴黎，但夏天我会去那里住三两个月，如果你夏天在，可以来山里小住。"

于是我们约好了夏天……

开完会我就回国了，学生等着我上课。直到六月答辩前的一星期我才又回到巴黎，我给波尔特打了电话，邀请她来听论文答辩。答辩那天她来了，结束的时候她过来祝贺我，说这是她第一次听博士论文答辩，原以为会很闷，"我很喜欢你最后说的'杜拉斯说填满时间的惟一方式就是浪费。我希望没有浪费大家的时间来填满自己的时间'，还有就是你的阿凡提的故事很有趣。"我们约了周三在玛丽-皮埃尔·梯耶博（Marie-Pierre Thiébaut）的工作室见面，"玛格丽特在《外面的世界》中有一篇《大海的深处》，就是写给她的雕塑展的。"

工作室位于蒙帕纳斯艺术家汇集的小区，在一个幽静的院落里。"玛格丽特常说这是巴黎夏天最凉爽的地方。"女主人自豪地说。工作室挂了很多她的抽象画，恣意的泼墨，很像中国的水乡印象，还有一些花木的拓本，"它们是生命的印记"。我们喝着下午茶，吃着甜点，我跟她们讲了化蝶、牡丹亭，还有七仙女和董永的故事，因为什么不记得了，只记得波尔特说："玛格丽特如果认识你，一定会很喜欢你。"因为我会讲故事？墙上贴了一些黑白照片，"这张是我帮玛格丽特拍的，"波尔特随手取下一张，"我拍了很多她的照片，对了，如果哪天你写了关于玛格丽特的书，我送一张照片给你放在扉页。"我说好，照片很近，而我未来的书似乎还很遥远。

7月中,我终于在一个午后到了"昂代斯玛先生"的屋子——波尔特在戈尔德附近的山居。"叫我米歇尔吧。"她开着20世纪70年代的老爷车来山下公交车站接我的时候说。我发现那车也是电影里的那辆,安全带松了,只能搭在身上装装样子。"你现在知道为什么我不能开车去阿维尼翁接你了,开着它上高速简直是自杀!"砾石路、石头墙、蓝天、树木和慢慢爬坡的汽车。半小时以后,我终于见到了那座"迷失在自然中"的房子,风吹着我的头发乱舞,我已经在电影里了……

看不见邻居,只有树林、风声和蝉鸣,空气中飘散着薰衣草的暗香,最后的几朵鸢尾花和开得正好的淡粉色夹竹桃,一只躲在石台子底下"野惯了"的老猫。"我住楼上,客房在楼下,挨着客厅和厨房,你就当在自己家。"打开百叶窗,我把背包放下,客房很大,老式的木头床,桌上散放着几本书和几张卡片,有一张是"黑岩旅馆"杜拉斯日的请帖,"这是朋友们的房间,玛格丽特来每次都睡这个房间,这张床……晚上一个人你不会害怕吧?"我笑了,我不害怕。

米歇尔带我看了"昂代斯玛先生"布盖曾坐过的椅子,"阿尔克太太"米欧-米欧在拍摄时曾感到太冷的大理石台面的桌子。"当时已经10月底了,山上开始凉了,而故事发生在夏末,米欧-米欧穿着蓝色的薄裙子,'大理石在指尖就像冰一样冷'。一天她实在忍不住了,我让工作人员用热水把台子敷热,你可以想象……"我说米欧-米欧"美丽冻人"的样子在电影里有一种蓝色的优雅。

晚饭是米歇尔做的,地道的法国焖菜和三文鱼,"你今天一定累了,爱睡到几点就睡到几点,明早下楼我反正有钥匙的。"有点累,却也不困,米歇尔给我一本打印的电影脚本:"这是我正在筹拍的电影,一个修女的故事,也是我改编的,我很想听听你的感觉,明天下午我要下山一趟,你一个人在山上无聊可以看。"情节我已经淡忘了,只记得那个晚上和第二天下午我都抱着那个剧本:迟迟不来的朦胧爱情和世俗的冷眼,让我想起罗贝尔·布莱松(Robert Bresson)和他的《乡村牧师日记》。"我最喜欢、对我影响也最大的导演是丹麦的德莱叶,那是很纯粹的电影,你一定要看,玛格丽特也很迷他的电影。"今年夏天,在学校后门广州路小音像店里,我居然淘到一张德莱叶(Carl-Theodor Dreyer)的默片《圣女贞德的受难》(1928),的确是一定要看的。

法国的夏天白天很长,坐在露台就会有很多的话讲,或者沉默,听听知了的叫声,仿佛时间一动不动,又仿佛已经过了百年。靠着窗台有一张梯耶博在山上举办过的一个艺术展的招贴,还有一帧很大的黑白照片。

"看出是谁了吗?"

"某个电影明星?"

"是年轻时候的我,当时跟玛格丽特一起拍片,一个摄影师闲时拍的,后来他开了一家发廊,把照片放大了摆在橱窗,一摆就摆了很多年,后来他把发廊关了,想到把照片送给我,还在后面题了字。那些岁月……"

那些遥远的黑白和彩色的岁月,和杜拉斯一起的日子。

"拍《印度之歌》的时候,玛格丽特很是为大使馆那场舞会的戏苦恼,她本来打算拍一场真正的舞会,她到处打电话找人找那个年代的服装,我对她说,不一定要拍舞会的场面,可以只拍安娜-玛丽·斯特雷泰尔和副领事,其他人用画外音来表现,她沉思了一会儿,没有说话。第二天,玛格丽特叫我陪她一起见来采访的记者,当记者问她打算如何拍舞会的时候,她回答说:'不拍了。'整个采访过程她都没有朝我看过一眼,好像那个念头突然到了她的脑子里,那一场只有两个人的舞会……"

尽管少了那一个会心的眼神,"玛格丽特是个奇妙的人,她总会感染你,坐在车上一直抽烟一直说话的总是她,欢快的溪水般的笑声。"从屋前露台的山谷下去,沿着干涸的河谷走,可以一直走到塞农克修道院,年轻的时候,米歇尔和朋友们曾经走过,应该是很愉快的远足。但在火辣辣的太阳底下,我更愿意坐在老爷车里,兜着风,聊着天,顺着蜿蜒的山路驶进与世隔绝的所在。古朴的罗马式修道院憩在一大片紫色薰衣草地里,始建于12世纪,当年西都会修士从纷争的外界沿着河流一路行来,终于在这里找到了自然和心灵的两重平静。修道院前有一处墓地,只有几个木头十字架一字排开,尘归尘,土归土,连一个名字也没有。在修道院的商店里,米歇尔买了一本帕斯卡尔(Blaise Pascal)的《思想录》给我:"这是玛格丽特最喜欢的书之一,临睡前总要翻几页。"我买了一堆装在大小瓶子里的薰衣草精油,思想有思想的快乐,不思想也有不思想的满足。

在戈尔德,我们买了很多樱桃,古老的村庄游人如织,米歇尔说我只想带你看两个地方。从16世纪的城堡前经过,穿过一个拱形的墙洞,走到一个小广场上……两个地方斜对着,一个是以杜拉斯的书名《成天上树的日子》为名的纪念品商店,一个是米歇尔带杜拉斯常去的酒吧—咖啡馆"共和党人"。咖啡馆高踞在悬崖边,俯瞰山谷和远处的阡陌田野,若有薄雾和游云,应该是很田园牧歌的悠闲。"玛格丽特很喜欢这个咖啡馆。"米歇尔说,我猜想杜拉斯喜欢或许是因为回过头就可以看见街角的那家名为"成天上树的日子"的纪念品商店,仿佛看见曾经的岁月和镜中的自己。

三

在采访阿列特·阿梅尔(Aliette Armel)之前,我已经读过她的两本关于杜拉斯的书和许多文章,喜欢她非学院派却嗅觉敏锐的评析。1990年她主持了《文学杂志》的杜拉斯专题,她和作家访谈的题目就是"我把生活当神话来过",同年发表的《杜拉斯与自传》更直接地点出了写作和作家童年、和"内心的影子"之间千丝万缕的关联。"要知道当时法国学院派对作家的生活闭口不谈,只埋头研究文本和写作风格",而今天杜拉斯和自传的紧密关系已经成了一种共识,而自传几乎成了研究杜拉斯绕不过去的入口。

那是前年12月的一个星期一,不会错,因为是巴黎学生中心CROUS组织的一个文化活动——"文学星期一",那天的主题是"作家传记",请了四位作家,有两位我连名字都没听说过,另两位一个是阿梅尔,一个是多米尼克·德桑蒂(Dominique Desanti),听说过,也都是因为杜拉斯。活动在圣日耳曼德普雷教堂附近的一个学生文化中心举行,那个区我很熟悉,不是因为杜拉斯曾住在附近的圣伯努瓦街,也不是因为1996年3月的一个星期四曾在这个教堂举行过她的葬礼,而她生前常去的双偶咖啡馆(Café des Deux Magots)就在教堂的对面。不仅仅因为这些。更多的是因为从19世纪以来一直在这里延续的文化艺术和思想的先锋气息,"左岸"成了一个标志,一种精神。

来听座谈的人不多,德桑蒂奶奶因为不久前摔了手,行动不便,迟到了半个多小时。很随意的聊天,每个作家谈自己对传记的认识和写作传记的方式。大家让德桑蒂先说,因为她是前辈,她和她丈夫都是那个时代"圈子里的人",圣伯努瓦街的常客。"存在一个小说的时代,一个传记的时代,而现在,传记更成了自传和自我虚构的舞台。"阿梅尔那天没谈杜拉斯,说的是她写米歇尔·莱里斯(Michel Leiris)传记的种种趣闻,如何有趣当时笑过转头就忘了,翻到那天的笔记,我只写了一句:"真实是复数的。"还有她的电邮地址。

座谈结束,德桑蒂奶奶很愁苦,文化中心的学生会主席竟然没有想到要安排人送她回去。她一只手上了石膏吊在脖子上,另一只手要拄拐杖,"坐地铁的确很方便,但在地铁站上上下下我担心……"我说反正我也要坐地铁回去,且是一个方向,顺路照看一下好了。同来听讲座的一个学妹也一起护送她回去。天冷,出来走了好一会儿才到地铁站。我们提前帮德桑蒂奶奶在她的包里找了眼镜,在她的口袋里找了纸巾,在她的钱包里找了地铁票。坐在德桑蒂奶奶对面,听她"你啊你"地说那些如今只能在书本里读到的人物,杜拉斯,昂泰尔姆,马斯科洛,吕西安·博达尔……仿佛穿过的不是巴黎的地下,而是超现实的时光隧道,隔世的恍惚……

想起来发邮件给阿梅尔是几天以后,我在学校的电脑机房,论文《记忆和遗忘》那一章"自传"和"自我虚构",我总觉得有些拿捏不稳。几分钟后她就回了邮件,说没有问题,约了周一到她上班的教育部找她,因为是圣诞节前夕,属于"半办公式"坐班,比较清闲。地方不难找,在巴斯德学院附近。进门查证件,登记来访,打电话确认后接待处才放我上楼,因为假期就在眼前,人人都喜洋洋的。阿梅尔那天穿了一条暗绿色的百褶裙,上面是宽袖的薄毛衫,转身的时候轻盈得像个小姑娘。"你能想象吗?我已经当祖母了……"说起我的忐忑,她说要相信文本给自己的感受,"况且我觉得你对文字很有感觉。"我说杜拉斯有几个文本其实我一直读不进去,像《毁灭,她说》,像《夏雨》,像《塞扎蕾》。"或许是因为你不理解她的犹太情结,"阿梅尔说,"那需要时间。"或许还需要勇气,记得读《痛苦》的时候,我几乎读不下去,我怕自己掉在一个未知的深渊里,于是我牢牢地扒在深渊的边缘,闭上眼睛,选择不-知(non-savoir)。

今年年初,阿梅尔约我写一篇杜拉斯在中国的译介和接受,《文学杂志》四月刊的"杜拉斯专题"又是她负责组稿,为纪念作家辞世十周年。之后6月初我和南京法语联盟主任柯梅燕(Myriam Kryger)、上海法语联盟主任 Claire-Lise Dautry 在国内也组织了杜拉斯纪念活动,请了她和袁筱一。我们谈了各自和杜拉斯的渊源,记忆打开一个缺口，发现认识杜拉斯从某种意义上说也是认识我们自己，一个标签，一种认同。阿梅尔特意找出了十六年前她第一次为《文学杂志》的专题采访杜拉斯的录音，竟然没有坏，她让朋友转录成CD带来。于是在两地的座谈会上，我们听到了作家的声音，当时杜拉斯已经苍老了，但生命像奇迹再次回到昏迷了几个月的身体，她习惯制造神话，于是神话也成全了她……

桂花开了，一点秋凉，忽然想起一些人、一些事，就这样，在银杏叶子慢慢更换颜色的校园，那一个个有名无名的日子的感触，"攀缘在我的心上，正像那绿色的苔藓，攀缘在老树的周身。"

2006年10月，陶园

"十年后,我们仍在谈论杜拉斯"[1]

黄荭、阿列特·阿梅尔、袁筱一

1 为纪念法国作家杜拉斯辞世十周年,南京法语联盟于 2006 年 6 月 2—3 日举行了为期两天的小型研讨会:"文学三人谈:我眼中的杜拉斯——三位中法杜拉斯专家的对话"和"渐入迷狂:论杜拉斯与写作"。法国作家、文学评论家、杜拉斯专家阿列特·阿梅尔(Aliette Armel)、华东师范大学法语系的袁筱一和南京大学法语系的黄荭谈论了各自和杜拉斯、和她的多个文本遭遇的体验和思索。三人谈的对话由黄荭整理成文。

黄荭：不知不觉，杜拉斯去世已经十年了。在法国，她的三本小说（"印度之歌"系列：《副领事》《劳儿之劫》《印度之歌》）被列入法国大学和中学教师资格考试（agrégation）范围，她的戏剧《萨瓦纳湾》成了法兰西喜剧院的经典剧目。如果说《情人》在20世纪八九十年代风靡全球的时候，我们曾怀疑那只是一种昙花一现的写作时尚，今天杜拉斯作品显然在某种意义上已经成了世界"文化遗产"，杜拉斯也被公认为法国现代文学的"经典作家"。

从去年开始，世界各地都在酝酿筹备纪念作家辞世十周年的活动，去年3月31日至4月2日我参加了杜拉斯学会（Société Marguerite Duras）在法国南锡二大举办的题为"玛格丽特·杜拉斯：边界和僭越"的国际研讨会，今年3月2日至4日学会在比利时举办"玛格丽特·杜拉斯：回忆和遗忘"国际研讨会。去年4月20日至22日德国波茨坦大学举办了题为"玛格丽特·杜拉斯：激情人生"国际研讨会……今年4月，我和南京法语联盟的主任柯梅燕为策划杜拉斯南京小型研讨会成天挂在网上的时候，摩洛哥的一个同行说他们正在举办国际研讨会，法国最权威的几位杜拉斯专家正在他们的大学做系列讲座。

与此同时，法国各大报纸杂志也纷纷推出纪念专号或刊登大篇幅的纪念文章和社论，如《欧罗巴》《文学杂志》《文学通讯》《新观察家》《观点》《解放报》《世界报》《费加罗报》……

阿梅尔：今年也是我的"杜拉斯年"，我主持了今年4月《文学杂志》上的杜拉斯专号；3月初，我在巴黎七大做了"从女乞丐到克里斯蒂娜·V.，杜拉斯笔下的女性流浪"的报告；3月中参加马德里为期一个月的"杜拉斯之名"的纪念活动，我谈了安娜-玛丽·斯特雷泰尔和副领事这两个人物形象；4月在法国国家图书馆做了"玛格丽特·杜拉斯：从痴迷到迷狂"的讲座。应黄荭和柯梅燕之请，现在我在南京法语联盟，过两天还要在上海法语联盟，和黄荭、袁筱一谈论杜拉斯。

黄荭：我记得你跟我说过，你和杜拉斯"结缘"是从法语联盟开始的，当时是怎样一个情形呢？

阿梅尔：那还是1985、1986年的时候，葡萄牙的法语联盟总部邀请我给那里的法语联盟做讲座，我建议了三个选题，其中一个是"玛格丽特·杜拉斯和自传"。很快总部回复说，所有人都对杜拉斯感兴趣，有十个法语联盟要求听"玛格丽特·杜拉斯和自传"，我于是去了葡萄牙，一周在十地做了十个相同的讲座！我当时不是大学学者，所以准备材料之前，我先搜索了杜拉斯和自传这个主题的现有研究成果，但奇怪的是什么都没找到，当时学院派对作家的生活闭口不谈，只研究文本和写作风格。我想那我就自己写吧。我收集了许多资料，当时很容易收集，因为1984年《情人》出版后，杜拉斯一下子成了各大媒体关注的焦点，她本人也频频在电视、电台、报纸上积极亮相、发表见解。可以说《情人》让她第一次赢得了大众，使她成了一个明星般的公众人物。全球都在出版《情人》，中国也有译介。

黄荭：对，1985年出了三个《情人》的中译本，1986年又有三个新的。

阿梅尔：我对这一转变很感兴趣，因为到20世纪70年代末，杜拉斯还一直被认为是一个知识分子味十足的作家，她的小说、戏剧和电影都体现了她实验的、先锋的，因此也是相对小众、精英的艺术追求，虽然《抵挡太平洋的堤坝》《琴声如诉》《广岛之恋》和《长别离》已经让她在法国和世界成名。但第一次，她成了一个"流行作家"，在《情人》中，杜拉斯第一次使用了"我"，"我"在人生的暮年回想起逝去的印度支那殖民地和十五岁半那场懵懂而哀伤的爱情。

袁筱一：是第一人称和第三人称的混用，真实和虚构重重叠叠，"自我"的神话开始建造。就好像一个人跳出了她自己，欣赏自己，玩味自己，赋予自己——在语言的世界里——另一段生命。或许自我建构与自我放弃总该是平行的，在《写作》中，杜拉斯宣告写作是孤独，是"自我丧失""自我放弃"。这个道理，我想是我们在青春时不能够明白的一个道理。放弃自己，放弃自己的、真实的生活，放弃承担自己，放弃其他或然的命运的选择。

阿梅尔：在我当时看来，《情人》的自传色彩是不言而喻的，而且直觉告诉我"自传"是解读杜拉斯创作和人生的一个很好的切入口。葡萄牙巡回讲座回来后，我就着手写一本研究杜拉斯的书，题目和思路都是现成的：《玛格丽特·杜拉斯和自传》，那是我写的第一本书，我当时没有见过她，一方面我也刻意不去接近她，因为大家都知道杜拉斯是一个很容易影响、左右周围人思想的人，而我不希望自己的研究受到导向；另一方面1988年杜拉斯因肺气肿被送到医院急救，昏迷了几个月，大家都认为她肯定恢复不过来了，但杜拉斯的生命很顽强，她不仅醒了，而且思维还和以前一样活跃，一醒过来她就继续住院前开始创作的《夏雨》。

黄荭：你1990年为法国《文学杂志》组稿做首期杜拉斯专号的时候，还采访了她。

阿梅尔：是的，当时《文学杂志》的主编让-雅克·布罗歇（Jean-Jacques Brochier）正好有一期"作家档案"一时半会儿找不到人做，他对我说：既然你在，你手上有现成的材料，你就负责做一期杜拉斯吧。虽然他"憎恨"杜拉斯，当时有挺多人"憎恨"杜拉斯，是的，"憎恨"，因为她太流行，太我行我素，又爱制造丑闻。做在世作家"档案"的前提条件是必须做一个专访，主编特别交代："谈什么都可以，除了政治。"但大家都知道杜拉斯那一时期对政治非常热衷，所以在访谈的时候必须小心地绕开政治这个话题。

黄荭：约杜拉斯访谈容易吗？

阿梅尔：我是以《文学杂志》的名义约的访谈，《文学杂志》是法国最畅销的文学杂志之一，所以她一开始就没有拒绝，但一直定不了时间，因为她当时成天和让·雅克·阿诺斗争，试图说服他以她的方式导演《情人》，我打电话给她，她总说明天吧，明天吧。好不容易她答应抽出两个小时给我做访谈，我当时住在图卢兹，立刻搭了飞机赶到巴黎，我知道自己只许成功，否则整个档案就泡汤，因为没有时间让我约第二个两小时补救。我到了她家，二十年前，我当时还挺年轻，还没出过书，无名小卒一个，我浑身颤抖，战战兢兢。访谈在她的书房里进行，当时扬·安德烈亚也在一旁看着她，杜拉斯坐在书桌的那头，我坐在这头。杜拉斯的习惯是当你采访她的时候，她往往先向你发问，我把录音机放在桌上，她就一个劲地问我问题，一些很私人化的问题，还有就是别人对她的看法、写的关于她的书，哪些好，哪些不好，她提到的都是当时一些资深学者写的书，"写得怎么样？"

我含混地回答："是的……夫人，挺不错的。"她当时刚做完喉管切割术，说话比较吃力，时不时能听到"咔咔咔"的声音。

这次来中国之前，我把以前的资料整理了一下，在一个纸盒子里，我竟然翻到了那次采访的录音带，物是人非，我捧圣物一般把磁带托付给一个做音效的朋友，他说磁带没有坏，他帮我翻录制作了一张CD，过一会儿我会播放一个片段，你们可以和我一起分享杜拉斯的声音。

黄荭：因为今年《文学杂志》的杜拉斯专刊也是你负责的，这十几年在法国对杜拉斯的评价和研究、大众对她的阅读有什么根本的变化吗？

阿梅尔：变化的确很大，我想再强调一下，1990年的时候，尽管《情人》和种种丑闻让杜拉斯声名大噪，憎恨杜拉斯的人还是很多，应该说杜拉斯的写作给读者两种可能性：要么爱她，要么恨她，没有第三种温和中庸的态度。在报刊媒体和学院派的研究领域对杜拉斯和杜拉斯写作都存在很大的争议。

黄荭：中国有评论也说过一段类似的话："（杜拉斯）作为一个女人，你可以爱她，也可以恨她，而作为一个作家，她的艺术魅力则无可抵挡，是不朽的。她的文字本身，就是一个谜。是关于记忆与遗忘，距离与背弃，苍凉与激情，以及在黑暗中阅读与爱恋的各种姿势。她告诉我们迷恋是一种吞食，而她在燃烧后化为灰烬。冷静也是有的。冷静在杜拉斯从容不迫的叙述中，她在文字之中华贵。她以文字唤醒我们内心潜藏的欲念和泪水。可又有谁，真正读懂了杜拉斯？"

阿梅尔：现在围绕杜拉斯及其写作的争议已经平静了许多，她和自传的紧密关系已经成了一种共识。

黄荭：我插一句，去年我在巴黎第三大学博士论文答辩的时候，答辩委员会中有一名传记研究专家雅克·勒卡姆（Jacques Lecarme）教授，他说他丝毫不认为杜拉斯的写作是一种自传写作，那种自我虚构归结到底还是小说的体裁。我说杜拉斯作品的自传色彩是不言而喻的，而且作家的生活，尤其是她童年和青少年在印度支那的经历对其日后写作的影响可以说是根深蒂固。教授随后说："因为你的论文写得很流畅，文笔好，内容也很有意思，我于是让和我一起从事传记研究的妻子看了，她看了以后说完全同意你的观点，既然我不能反对我的妻子，小姐，我也不能反对你。"我马上说："代我谢谢您夫人。"其实听他说不认同我的观点的时候我一点也不紧张，因为我答辩那天阿列特·阿梅尔女士也在场，她肯定会捍卫杜拉斯和自传之间千丝万缕的紧密联系的。

阿梅尔：的确，自传写作在杜拉斯作品中的体现如今已经不容置疑，而且杜拉斯的地位在这十几年间也发生了变化。20世纪80年代，尽管《情人》获得了龚古尔奖，杜拉斯知名度极高，很多人还是怀疑她能否经得起时间的冲刷和遴选。而今天，大学开设了研究杜拉斯的课程，她的戏剧也一直在法兰西喜剧院和其他剧院上演，这一切都足以证明杜拉斯已经是一位公认的现代经典作家。

黄荭：杜拉斯辞世了，但她并没有被世人淡忘，去年以来，法国重新演绎了她的戏剧《音乐》《X先生》《广场》《死亡的疾病》，巴黎的影像广角（Forum des images）举办了杜拉斯电影回顾展，法国国家图书馆举办了她的手稿展。

阿梅尔：而且世界各地对杜拉斯的译介和研究都很活跃，如果世界认同了一个作家，那这位作家在本国的地位也由此得到了一种肯定，这对本国人对她的认识也很有帮助，这也是为什么今年《文学杂志》的杜拉斯专号我请了黄荭来写杜拉斯在中国的接受，法国人对杜拉斯在中国传播的命运非常好奇。

黄荭：杜拉斯在中国的译介可以分成几个阶段，1980年代初，和阿兰·罗伯-格里耶、娜塔莉·萨洛特、米歇尔·布托、克洛德·西蒙等新小说派作家的作品一起，杜拉斯最早被介绍到中国的是王道乾译的《琴声如诉》（1980），该书于1958年在法国新小说的摇篮和阵地——午夜出版社出版。稍后，另两本王道乾翻译的作品问世：《昂代斯玛先生的午后》（1980）和《广场》（1984）。两本小说都没有真正意义上的情节和结局，前者讲述了一个孤独老人执着却徒劳的等待，后者是一个女佣和流动商贩在街心花园的闲聊对话。

小说《情人》的译介掀起了中国第一次"杜拉斯热"，因为龚古尔奖，因为"中国情人"，也因为它和中国20世纪80年代末90年代初文学"我叙事"的兴起、个性的觉醒和张扬相吻合，杜拉斯写作对中国作家的影响也开始显现，像王小波、陈染、林白、赵玫；之后电影《情人》的流行，她和最后的情人扬的故事，漓江出版社、作家出版社、春风文艺出版社的三套杜拉斯丛书的出版掀起了中国第二次"杜拉斯热"，隐私、绝望、身体写作、自传体或半自传体成了中国70后女性写作的标签，像虹影、安妮宝贝、棉棉、卫慧……虹影曾说过："中国女作家都受杜拉斯的影响。"杜拉斯的确让人痴迷，我想袁筱一定有切身的体会。

袁筱一：是，因为我在很多自己的写作中都会情不自禁地引用她"水消失于沙"那句话。不过我必须申明一点，与两位不同的是，我并非杜拉斯的专家。我是一个简单的读者。我与杜拉斯的第一次相逢是在我十八岁的时候。是《情人》。我毫不犹豫地跳入了她的绝望。并且，毫不犹豫地将她选择为自己的青春标签。

阿梅尔：十八岁是被杜拉斯"神话了"的年龄，她总说自己是十八岁彻底离开西贡的，虽然她当时已经十九岁半了，不过无所谓，十八岁是人生的一个分界，迈过去一切就变了……

袁筱一：是的，我当时被杜拉斯的绝望深深打动了，很长时间，我一直问自己，她的绝望从何而来？杜拉斯的所有作品里无处不在的绝望？我想，也许这绝望来自总要幻灭的信仰。杜拉斯从来不曾是信徒，然而她说，不信上帝，这就是一种信仰。抑或绝望是来自她的抗争。她抗争一切，家庭，母亲，苦难和殖民。无论如何，杜拉斯对我产生了很大的影响，影响了我的生活，也影响了我的中文写作。在我的文章里，会经常提起《情人》里的一句话，是差不多在《情人》快要结尾的位置，那句"她哭了，因为她想到堤岸的那个男人，因为她一时之间无法断定她是不是曾经爱过他，是不是用她所未曾见过的爱情去爱他，因为，他已经消失于历史，就像水消失在沙中一样，因为，只有在现在，此时此刻，从投向大海的乐声中，她才发现他，找到他。"有一阵子在上海，我经常站在上海的地铁出口，看到人潮从那里涌出来，你就会明白，什么是"水消失于沙"。

然后应该是在距离第一次相逢的七八年以后，我翻译了《外面的世界》，我翻译上卷，黄荭译下卷。

黄荭：我解释一下，其实那是法国POL出版社出版的两本书，袁筱一译的是 *Outside*（1984）也就是漓江版《外面的世界》的上卷，我翻译的是 *Le Monde extérieur*（1993）也就是下卷。当时出版社只给了我们两个月时间，于是1998年那个夏天，我关在火炉南京逼仄的研究生宿舍里翻译，和杜拉斯朝夕相对。

袁筱一：《外面的世界》其实有些令我吃惊。因为那个时候，杜拉斯不仅是我的青春标签，也几乎成了所有所谓新小资的青春标签。可是，《外面的世界》的作者和《情人》的作者有很大的不同。绝望，是的，在《外面的世界》里，杜拉斯仍旧绝望。只是，杜拉斯为之抗争的所有东西似乎不再是绝望的原因，而是生活的目的。斗争成了生活本身。为了找到自我与所有的物质边界斗争，还有永远也找不到的绝望。

第三次和杜拉斯遭遇是翻译《杜拉斯传》，因为觉得这本书在等着我，属于我，也因为书的序言中有一段话特别打动我："我的遭遇是从一本书开始的……但是我总有一种感觉，觉得它是在等我。在那个夏天，我遭受了个人情感上的一次重创，以为自己永远恢复不过来了。我可以证明，是一本书帮我缓过劲来，让我鼓足勇气面对明天，它的时间替代了我的时间，它的叙事环境替代了我那一团乱麻的生活。"我感同身受，花了一年时间翻译传记，翻译完这本书后，我做了一个很重要的决定，我决定离开文学圈，离开南京大学，离开在我看来只是谈论背叛的翻译理论。翻完五十多万字后不再看杜拉斯，我觉得太沉重了，有五年没有碰杜拉斯，只有最近才重新开始看，因为上海译文出版社去年重新出了一套杜拉斯丛书，让我写书评。

在重读杜拉斯的时候，我忽然意识到，其实根本就不可能忘却杜拉斯，尽管中间隔了五年，但有些东西已经镌刻在我的记忆，我的生命中了，永远都无法忘却。我的重读竟然是从拉康的那篇《向杜拉斯致敬》开始的。拉康说杜拉斯不知道自己写了什么。杜拉斯自己也说，"在现实之中没有什么是真的"。于是来自杜拉斯的一个新问题开始困扰我：语言世界、真实和现实世界——物质世界——之间的关系究竟何在？真实，我们在文学中、在哲学中所找寻的这个真实也许根本不存在？也许只有在构建一个语言世界时我们才构建了属于自己的真实？只属于个人的真实，因为普遍的真实从不曾存在过。拉康说，只有沉默能够保留真实，因为话语，语言世界从来都是一种建构，是谎言。

黄荭：的确，真实和虚构在杜拉斯身上的表现是很复杂的，记忆有时候是一个陷阱，当过去褪色，回忆便沾染上了黄昏暮色的温情，发生过没发生过可能发生过可能会发生的事模糊了，一切都没了边界，就像她自己说的："我把生活当神话来过。"神话是对原始记忆的一种诗意的言说，通过写作，杜拉斯于是建构了她自身的神话，而写她的传记和研究从某种意义上说或许就是对神话的还原和解构，这有必要吗？

阿梅尔：有。因为还原是为了更好地让读者认识到神话是怎么构筑的，这很重要。所以在劳拉·阿德莱尔完成的已经相当厚的《杜拉斯传》之后，今年让·瓦里尔（Jean Vallier）又出版了新的杜拉斯传《这就是杜拉斯》，还只是上卷，只写到二战，就已经写了六百多页，参考了很多史料，做了许多实地调查。

黄荭：或许我们从中的确能读到很多杜拉斯曾经的生活碎片，但文学的真实和现实不同，比如说杜拉斯就是用一个"完全虚构"的印度建构了某种关于印度的"深刻的真实"。这种认知不在于"威尔士亲王"旅店究竟在哪儿，印度的行政首府是否是加尔各答，而在于那种对"不能忍受的印度"的认识和感知。电影《印度之歌》也一样，没有一个印度的实地影像，但观众都感受到了印度，嗅到了弥漫在空气中又绝望又沉醉的殖民地的气息。

阿梅尔：对杜拉斯而言，一切无处不在，就像她对劳拉·阿德莱尔说的："你在越南什么也找不到。让扬带你到塞纳河岸去，离巴黎三十公里的地方,那儿有个小河湾……那不是像湄公河。那就是湄公河。"

黄荭:但另一方面,生活过的地方对她和她写作的影响是巨大的,如果不说她带着那些地方的烙印,就是那些地方带着杜拉斯的烙印。记得你写过另一本关于杜拉斯的书:《玛格丽特·杜拉斯,写作的三个领地》(1998)。

阿梅尔:当时我有一个朋友正在做一套关于作家和他住所的丛书,我建议写杜拉斯,写她和她住过的三个最重要的地方:诺弗勒堡的房子,特鲁维尔"黑岩旅馆"的公寓和巴黎圣伯努瓦街的公寓。当时杜拉斯已经去世,我和她的儿子乌塔(也就是让·马斯科洛)联系,乌塔说太晚了,圣伯努瓦街的公寓他第二天就要还给业主,东西都整理好了,等着搬走。我说服了他让我带摄影师去看看,我们拍了那个地方,虽然杜拉斯已经去世两年多了,但她的印记还很明显,好像她的灵魂还在,那种感受很强烈。写完那本书之后,很长一段时间我都没有特别研究杜拉斯,直到今年纪念她去世十周年,法国和国外很多地方都邀请我做讲座,参加研讨会,于是我再次开始研究杜拉斯。我发现二十年后,今天,我可以说,现在,我能找到、表达自己一直在寻找的词语,这是我今年最大的一个感悟。今年我写了很多关于杜拉斯的东西,我发现很多东西也很契合我自己,我再次听了1990年访谈的录音带,我发现当年我所关注的问题,我现在还在研究,那些我早就意识到但当初还纷乱、理不清的想法。这就是我和杜拉斯的渊源。

黄荭:我自从翻译了《外面的世界》后就决定做关于杜拉斯的硕士论文,研究杜拉斯小说书写和电影书写的关系,之后因为懒惰,懒得另起炉灶,于是接着做关于她的博士论文,研究杜拉斯的东方情结和她的作品在中国的接受。其实做杜拉斯的研究有时候是危险的，因为很容易沉湎在她的绝望和极端里，她的语言也有很大的侵蚀性，要学会抵抗住她文字的诱惑和迷狂，否则你的研究很快就会被杜拉斯的文本所左右，甚至从风格上都会受她潜移默化。还好我是很理性的人，每次在杜拉斯的文本中沉下去，我总能找到一个理由让自己再浮起来……

袁筱一：所以我做不了杜拉斯的研究者。

黄荭：我研究她一开始是因为懒惰，之后就成了一种惯性，不是一见钟情那种被雷击中的"热爱"，淡淡的喜欢所以可以慢慢去研究，时不时地写点关于她的文字，关注各地杜拉斯研究的前沿动态。从前年开始我负责一个江苏省社科项目"杜拉斯研究"，今年我策划了南京上海两地的杜拉斯纪念活动，3月底我在南京法语联盟的多媒体图书馆做过一场"中国视角下的杜拉斯"的讲座，现在手上正在翻译法国埃尔纳出版社出版的大开本的近四百页的杜拉斯专刊——《解读杜拉斯》。随着杜拉斯在中国译介和研究的推进，我相信杜拉斯的魅力终究会比较全面地展现在中国读者的面前，而她的影响也将在更广阔的文学空间显现出来，再过五六年，杜拉斯在中国的定位肯定不是现在书店海报宣传的"女性小资读本"。

阿梅尔：时间证明，十年过去，人们还在阅读杜拉斯，我们也相信，杜拉斯还将继续被阅读下去。我们过去谈论杜拉斯，现在谈论杜拉斯，相信十年后还会谈论杜拉斯。

2006年6月，陶园

玛格丽特·杜拉斯：
游走于现实与神话之间[1]

黄荭、阿列特·阿梅尔、袁筱一

1 为纪念法国作家杜拉斯辞世十周年，2006 年 6 月 5 日，法国作家、文学评论家、杜拉斯专家阿列特·阿梅尔、华东师范大学法语系的袁筱一和南京大学法语系的黄荭应上海法语联盟之邀参加了一场专题座谈会："玛格丽特·杜拉斯，从印度支那到巴黎的辗转人生：现实与小说"。座谈会的对话由黄荭整理成文。

阿梅尔：今天黄荭、袁筱一和我要谈的是玛格丽特·杜拉斯的生活，她从印度支那到1945的巴黎这段辗转人生，或许更早一些，只谈到1933年秋她彻底离开印度支那。我们之所以选"现实与小说"这个主题是因为在杜拉斯那里，一切都从现实生活开始，所有的人物，所有的境遇都扎根于她的生活。而且她自己一直都刻意在做：把"虚构"的作品和"真实"的存在联系起来，生活和写作合二为一、不能分割。虽然我们知道其他很多作家也这么做，但杜拉斯在这一点上给我们的印象最强烈：把生活当写作，把写作当人生。

为什么今天，到了2006年，杜拉斯辞世十年后还要继续谈论这个问题？那是因为今年4月，法国法亚尔出版社推出了一本新杜拉斯传《这就是杜拉斯》，传记有六百多页，还没完，仅仅是上卷，只写到1945年。作者让·瓦里尔梳理了大量的原始档案并做了多次实地考察，尝试去真实地重构杜拉斯早年已经被时间冲淡、湮灭、改编过的生活细节。之所以他会花那么多的精力和笔墨在杜拉斯人生的前三十年，尤其是杜拉斯在印度支那的经历，那是因为众所周知，那段在殖民地的生活经历为她日后的人生和创作定了基调，揭示了主题，《抵挡太平洋的堤坝》、《伊甸影院》、《成天上树的日子》、《情人》、《中国北方的情人》、"印度之歌"系列都印证了这一点。

黄荭：的确，印度支那之于杜拉斯既是人生的起点，也是写作的根源。从某种意义而言,那里既是"别处"又是"故乡",正如作家在《物质生活》中所感叹的:"我是一个再不会回到故乡去的人了。这或许与一定的自然环境、气候有关,对孩子来说,那就是既成事实。一旦他长大成人,这一切就成了外在的东西,他把它们留在它们成形的地方。我生在无处。"[1]

阿梅尔:1914 年,玛格丽特·多纳迪厄出生在法国殖民地印度支那的嘉定。她父母都是从法国本土到殖民地去任教的,当时双方都有各自的家庭,之所以选择去印度支那工作是因为两人都热爱自己的职业,热爱教育,他们都是很正直的公务员,希望能到"荒蛮"之地去传播现代文明;还有另一个很重要的原因就是在殖民地工作得到的工资比在本土工作要高得多,是在法国的工资的两倍。

黄荭:金钱是个关键词,对《堤坝》中的母亲如此,对《情人》中的女儿如此,多纳迪厄一家的所有的希望和绝望都源于此。

阿梅尔:但那个年代去印度支那也是一种冒险,冒生病的危险,冒生命的危险。杜拉斯母亲的前夫和杜拉斯父亲的前妻都是一到印度支那就染上疫病死掉了。金钱、危险,这里也是,杜拉斯笔下的印度支那也是危险的:丛林,湿热,潮水……

袁筱一:"在那个国土上,没有四季之分,我们就生活在唯一一个季节之中,同样的炎热,同样的单调,我们生活在世界上一个狭长的炎

---

[1] Marguerite Duras, *La Vie matérielle*, Paris, POL., 1987, coll. « Folio », p.78. (杜拉斯,《物质生活》)

热地带，既没有春天，也没有季节的更替嬗变。"这样一个看似静止的世界其实是很可怕的，仿佛水漫上来，你却无处逃脱。

黄荭：这也是世界印入杜拉斯心灵的最初画面。

阿梅尔：但殖民地的生活节奏并不像杜拉斯描写得那么让人无法忍受。据瓦里尔考据，在殖民地工作的法国公务员，每三年任期满，就可以回国带薪休假一年，而且殖民署负责全家人的船票路费。所以杜拉斯其实每三年就可以跟着母亲，还有两个哥哥皮埃尔和保尔一起回法国度假，并不像她在作品中刻意营造的一个假象：让读者感觉十八岁之前她从来没有离开过印度支那，除了七岁那年因父亲去世随母亲一同回国奔丧。但事实上她回去过多次，而且她最终离开印度支那也不是十八岁。1932年她为了高中会考回过一次国，1933年彻底离开印度支那，她在作品中把两次回国并成了一次。

袁筱一：我们可以看到杜拉斯已经在建构她的神话了，或者说是传奇。做印度支那人远比一个可以定期回国感受现代文明的小法国侨民更吸引读者。她说她是十八岁回的法国本土，那是一个被传奇化了的年龄。当我开始阅读杜拉斯的时候，我正好也十八岁，还是华师大的学生。第一次和杜拉斯遭遇我就爱上了她，当时读的是《情人》。我沉浸在她的绝望中，我选择了她的绝望来做我青春的标签。那天在南京我们也谈到了这个问题，黄荭说我总是引用杜拉斯——还有昆德拉和黑塞——很长时间我都问自己，绝望从何而来，为什么对我有这么大的触动。这种绝望弥漫在杜拉斯的写作中，这种绝望让我沉迷。或许这种绝望来自信仰，因为杜拉斯并不信仰上帝。对杜拉斯而言，上帝并不存在，但那个缺席的位置一直在。

阿梅尔：那得先确定杜拉斯是不是真的绝望。的确，杜拉斯的绝望是对男人和女人之间、父母和子女间不可能的关系的绝望，但在这种绝望中，有很多的能量：绝望，但充满力量；就像太平洋的潮水一直涌上来，而她一直在抗争。和家庭抗争，和苦难抗争，和母亲、殖民主义抗争，还有一切。

黄荭：母亲对杜拉斯的影响是巨大的，就像她在《外面的世界》中所说的："我写了那么多关于母亲的事，可以说我亏欠了她一切。"的确，疯狂、绝望和抗争都是来自母亲的遗传，母亲占据了杜拉斯童年所有的梦和现实。

阿梅尔：1921 年，父亲病故，杜拉斯的母亲决定带着三个孩子继续留在印度支那，为了殖民地相对优越的工资待遇，也为了尚未破灭的梦想。生活是拮据的，要养育三个孩子，就必须据理力争。首先，要继承丈夫的遗产，必须让殖民署同意她带薪回国休假，一定要争取到免费船票，和孩子们一起走。而且遗产问题也很复杂，多纳迪厄的前妻虽然早死了，但留下了他和前妻的两个儿子。杜拉斯的母亲跟殖民政府斗争，炽热地斗争，为了得到抚恤金，为了能继续得到带薪休假，她做身体检查，让医生开各式各样的证明，以健康原因尽可能久地留在法国处理家族事务。

1924 年，母亲带着三个孩子回到金边，在柬埔寨，她继续给殖民政府写信，要求调到大城市工作，因为两个儿子已经到了读书的年龄。她写信的口气很强硬，简直就是强求。（后来我们发现杜拉斯在 20 世纪 50 年代给她的出版商写信时用的也是同样的口吻，和她母亲如出一辙。都是同样的理由：我需要钱，我要抚养孩子，不然我就要做乞丐了——虽然杜拉斯只有一个孩子——反正无论如何都得给我钱。）"怎样才能摆脱她？"殖民政府被烦得不行，最后把她调到永隆，没有给她所期待的职位，母亲认为很不公正。思前想后，她决定把长子皮埃尔送到巴黎的机电学校，但他根本就不是读书的料，保尔也一样，成天游手好闲。母亲很担心，想到自己不在了，两个孩子该怎么办。她是法国北方的农民，对农民来说，什么最可靠？那就是土地，父亲在法国南方买了一块地；母亲也决定在殖民地买一块地，种植水稻。

袁筱一：于是开始了《堤坝》的故事……

阿梅尔：一萌生了买地的念头，母亲又开始给殖民地政府接二连三地写信，要求买地。读过杜拉斯作品的人都知道，杜拉斯总是这样描写母亲购买地的情况：说母亲受了土地管理局的欺骗，又是贿赂，又是黑幕，等等。而瓦里尔在新的传记中揭露了真相：当地土地局的档案上根本就没有杜拉斯母亲买地的记录！事实是杜拉斯的母亲从一个当地安南人手中买了地，也就是说买了一块二手地，根本就不存在向政府买地一说。

虚构的故事坍塌了，但没有坍塌的是真实的轮廓：母亲买了一幢只有在学期放假时候才能去的房子，离永隆六百多公里远，六百公里在1928的印度支那意味着什么？意味着母亲不得不买了一辆汽车，一辆B12。让·瓦里尔所做的调查非常细致，如果你去问他那辆车的车牌号，他肯定可以告诉你，只不过他在传记中没有找到合适的地方把它摆上去。除了车，还要有用人，要雇人去耕种，要花很多钱，要花很多精力。或许考究起来也不一定是太平洋的潮水涌上来，淹没水稻。但灾难是真实的：这块地不仅没有带来钱，还卷走了母亲所有的积蓄。但对母亲来说一次失败不够，她要再来，用她抵挡太平洋的堤坝和勇气；第二年，又是新的灾难，一场比一场惨痛的灾难，钱都砸到太平洋里去了。如果说杜拉斯的母亲性格乖戾、有点神经质，那是环境使然，那就是她的生存状态。

黄荭：杜拉斯的母亲那段时间在当地人的学校当校长。玛格丽特十多岁了，在荒凉的地方，是一种很奇特的感受：一个来自法国，虽然不是都市巴黎的小姑娘到了丛林，一下子有了很多空间，很多自由，《堤坝》《成天上树的日子》《伊甸影院》都对这段生活有深刻的记忆。和小哥哥一起打猎，吃芒果，和当地人很亲近，可能不是赤脚，因为他们有鞋穿。母亲买的那块地在海边大象山附近，景色秀丽，政府决定要发展那个地区，已经建有一家很有名的假日旅馆。

阿梅尔：为什么在杜拉斯作品中一切过错、一切灾难的根源都直指殖民政府呢？不妨做这样一个假设：当杜拉斯还很小的时候，她一直听到周围的人对政府的抱怨，父母之前一起抱怨，之后母亲寡居后更加抱怨。在杜拉斯身上，经常两样东西会叠加在一起，合而为一。比如安娜-玛丽·斯特雷泰尔，杜拉斯说第一次是在永隆见到她。而事实上安娜-玛丽·斯特雷泰尔从来没有去过永隆，想必是杜拉斯把自己在永隆见过的一个很美丽的女人和后来她听到的传闻中的安娜-玛丽·斯特雷泰尔合二为一了。而且 1950 年写《堤坝》的时候杜拉斯在政治上很激进，把一切的错归咎于殖民主义，这也体现了她当时的一种政治倾向。

袁筱一：1927 年、1928 年、1929 年是三个灾难的年份，直到母亲得到新的任命离开永隆。这回是个好消息，在沙沥，西贡附近。母亲发现女儿学习很好，于是鼓励她读书，送她到西贡夏斯卢-洛巴女子寄宿学校上学，那里除了一些有钱有势殖民者的子女，还有普通侨民的孩子。

阿梅尔：杜拉斯进入了一个好圈子。当时的她虽然没有什么品牌概念,但和所有女孩子一样向往美丽、穿着优雅、有钱、有情人。小哥哥保尔虽然不务正业,但他长得高大英俊、会打网球,在上流社会倒也混得自在。但杜拉斯个子矮小又不会穿衣服,她母亲也不会打扮,她自己穿得也很糟糕。虽然杜拉斯的家庭不是处于社会的最底层,但在一个年轻女子的心目中,这足以让她觉得不如别人、不出众、低人一等,在那个阶层中"不入流",杜拉斯一直用这个词 déclassée。

黄荭:就是那一时期,她遇到了"情人",湄公河上的渡轮和格子间的爱情……

阿梅尔:写作《情人》的时候,杜拉斯快七十岁了,当时是她的儿子乌塔要出一本家庭影集,让她配一些说明文字。于是她重新回到了童年,回忆弥漫,于是又勾起了少年时代的朦胧春梦。可以说《情人》是作家1983年的虚构:十四五岁的小姑娘最大的梦想是什么?于是出现了白马王子,出现了中国情人,可以说是杜拉斯在七十岁的时候在作品中完成了她十五岁半的梦想。让·瓦里尔的考察和杜拉斯捐赠给法国现代出版档案馆的资料反映的真实是:那一年她遇到了雷奥,雷奥是印度支那当地人,不是中国人,也不英俊。雷奥注意到了她,觉得她美。初次相遇也不是在渡船上,而是有人开车接她和他一起回沙沥,自然也不是莫里斯·雷翁·波莱这样的豪华房车。杜拉斯在二战期间写过《战时笔记》,今年秋天法国也会出版她这份从未发表的手稿,里面也写到了雷奥和她的第一次吻,并不美好,让她觉得恶心。

黄荭:但真实的元素还是有的,"情人"有钱、有钻戒、穿柞丝绸的衣服。从《堤坝》和《伊甸影院》中的"若先生"到《情人》到《中国北方的情人》,从种族、从财富、从外貌、从性格上"情人"都经历了一个蜕变过程,一个理想化的过程。中国一个女作家曾说过:"写作对一个人的现实生活是有很强的腐蚀作用的,我忘了是不是杜拉斯说的,当写作成为生活的方式之后作品很快就吞噬了生活。"[1]

阿梅尔:在西贡有一个小房子,现在被公认为"情人的房子"。情人的建构有真实的元素,元素不像小说中那么神奇,你有我有大家都有,但我们不是杜拉斯,杜拉斯却用这些普通的元素,建构了杜拉斯神话。看她的书的时候,好像一切都在,但看她的生活的时候,仿佛一切都不在。

袁筱一:杜拉斯喜欢夸张,可以说她善于把真实"膨胀一下"。

阿梅尔:中国情人对杜拉斯来说很重要,那是一个彻底的转折,让她从一个知识分子型的,有时还被批评晦涩的"小众"作家摇身一变成了畅销的"大众"作家。尽管情人的体验在杜拉斯作品中是普遍的,《直布罗陀水手》《娜塔莉·L》《英国情人》《黑夜号轮船》……都书写了一种爱情关系,一种爱的感觉:爱是不可能,又不可能不爱。

黄荭:《情人》的成功就在于他不是"我的情人",也不是"一个情人",而是用了一个定冠词,情人是大家的情人,那个每个人心中"可能的"情人,梦中哪怕不完美的情人。

阿梅尔:写作风格上也是一个转折,20世纪四五十年代杜拉斯阅读福克纳、海明威和其他美国作家的作品,《堤坝》出版的时候,有评

---

[1] 程青,《美女作家》,人民文学出版社,2001年,第58页。

论指出它受到美国文学的影响，带着深刻的现实主义小说的印记。也有人把她和同时期的另一位法国女作家娜塔莉·萨洛特放在一起，都很写实。但很快，杜拉斯就开始寻找自己的风格，《广场》记录的都是普通的日常谈话，但体现了很深刻的真实。从戏剧，从《劳儿之劫》开始她找到了更个人化的风格，"写作的黑房间"是摸索的一个过程。从保存在现代出版档案馆的杜拉斯手稿中可以看出她对风格的追求是很严格的，稿子上有很多修改，从《堤坝》到《爱》到"白色写作"，到电影书写，她在电影中寻找文学中找不到东西。写作成了白纸，屏幕成了黑色。到后来《情人》和《物质生活》的"流动的写作"（écriture courante）和"话语的高速公路"，杜拉斯要达到的就是一种精心雕琢后的平淡，给人浑然天成的错觉。

黄荭：《情人》的成功具备了很多因素：首先是杜拉斯在法国已经是知名作家，其次是异国情调、中国情人，都是很有市场很有卖点的主题。就算杜拉斯自身不追求畅销，不向读者让步，但我们在《情人》中可以看到一个相对清晰的完整的故事，而且"七十述怀"回顾"我"十五岁半的爱情，都是媒体敏感的主题。而且写作手法也比以前更清晰流畅，不是说杜拉斯要讨好、迎合读者，但她肯定意识到了《情人》的通俗化。

阿梅尔：杜拉斯是很容易让人着迷的作家，很知识分子，但也有单纯轻佻的城市少女（midinette）稚气的一面。就像《情人》出版后，大家都以为她不会去参加贝尔纳·毕沃的电视访谈，但她去了，不仅去了，她还成功地让毕沃接受在整档节目中只采访她一个人。她坐在演播室，谈笑风生、光彩照人，迷倒了无数电视观众。为什么现在全世界有那么多年轻女作家模仿杜拉斯，或许就是因为她为她们树立了一个榜样，一个做梦的小姑娘最终成为名人的神话。那一次访谈非常成功,一个明星采访另一个明星。媒体关注她,她也知道如何利用媒体来为她服务。之后是龚古尔奖,之后是让-雅克·阿诺的电影版《情人》。

袁筱一:在杜拉斯那里,中心问题还是写作。就像她在《写作》中说的:"那是唯一·填满我生命并让它欣悦的东西。我做到了。写作从未离我而去。"一切都成了文字,被文字定格成永恒。从某种意义上说,杜拉斯从来就没有真正离开印度支那,在写作的白纸面前,她总是不自觉地回到那里。把一切都给了写作,于是她生活中再没有剩下别的东西。从此留给她、留给我们的就只有她的书。"书一旦送出去,给了出版社,作者就死了。日后我死了,我也没有什么可以带走的,因为定义我的本质已经离我而去了。一个作家在每一行字中都倾注了他的生命,要么他就不写作。"[1]

阿梅尔:现实还是神话,真实还是虚构,一切都将尘埃落定。毋庸置疑的是杜拉斯已经成了法国的文学遗产。虽然一直以来对她的批判也很多,因为她是矛盾的,充满了悖论,不管是她的写作风格,还是她的写作内容,但我们现在可以肯定的是她将作为经典流传。

黄荭:"阅读杜拉斯的作品常常会让你感到'绝望'却又欲罢不能……"绝望或许是因为看到了现实,而之所以欲罢不能或许就是因为那一抹神话的光芒。我想引用法国埃尔纳出版社新近为纪念作家辞世十周年推出的近四百页的大开本《杜拉斯》专刊引言中的一

---

[1] Interview de Marguerite Duras réalisée par Yann Andréa, « Marguerite Duras: c'est fou c'que j'peux t'aimer », *Libération*, mardi 4 janvier 1983.

段作为结语,杜拉斯之所以流传是因为她"触动了读者的灵魂,让它困惑,让它痴迷。让它动摇,让它沉醉,让它忘我,让它服从她的暗示。她的词句,远不是一种虚幻的稳妥,坦承它们痛苦的不完美,保证了某种最高的苛求、最大胆的探索。在她身上,就像在她的文字中一样,隐隐显露着'命运'的印记,见证了两者之间隐秘而默契的'命运'。"

2006 年 8 月,陶园

中国视角下的玛格丽特·杜拉斯

似乎只需一个中国情人——或者说几乎——就可以建构一个法国作家在中国的当代传奇。童年和少年时代在印度支那的亲身经历，"概念的"印度和荒凉的加尔各答，纷繁的外面世界和芜杂的物质生活……杜拉斯只是在后来才渐渐进入中国译介和接受的视野。

但细究起来，杜拉斯作品在中国的流传并非肇始于《情人》，那位苍老、戴着黑色宽边眼镜、笑起来像孩子的小妇人首先是在法国"新小说"在中国的译介这一大文化背景下被介绍到中国来的。当时的中国，改革开放重新搭起中西交流的断桥，再次推动了思想和文学的"西风东渐"。和阿兰·罗伯-格里耶、娜塔莉·萨洛特、米歇尔·布托、克洛德·西蒙等新小说派作家的作品一起，杜拉斯最早被翻译到中国的作品是1980年王道乾译的《琴声如诉》，该书1958年在法国由新小说的摇篮和阵地——午夜出版社出版。稍后，另两本杜拉斯作品也由王道乾译成中文：《昂代斯玛先生的午后》(1980)，没有真正意义上的情节和结局，小说讲述了一个孤独的老人执着却徒劳的等待；另一本是《广场》(1984)，记叙了一个女佣和流动商贩在街心花园的闲聊对话。中国评论界在这一"不是一种理论"而是一种"探索"的文学流派面前难免有些困惑和慌张。欣喜伴随着怀疑：一方面，新小说为小说体裁的更新提供了新的审美途径；另一方面，主人公和情节的淡化很难让习惯了传统叙事的中国读者得到"文本的愉悦"。

这一时期值得一提的还有1986年谭立德翻译的《广岛之恋》和

陈景亮翻译的《长别离》。如果我们用比较文学和历史反思的眼光去审视，这一翻译选择绝非偶然。先看《广岛之恋》：如果说书中的爱欲描写和电影中的男女亲热镜头让一直视性爱为禁区的20世纪80年代的中国人觉得"震惊突兀"的话，《广岛之恋》的主题和风格却和当时70年代末80年代初中国的"伤痕文学"有很多默契。而且该书中译本序的题目就是"规范之外的伤痕爱情——玛格丽特·杜拉斯：《广岛之恋》"，作者柳鸣九用的正是"伤痕"一词来形容纠缠故事始终的存在之苦痛和悲凉。"作者的感情与立场不是'阵营性'的，而带有人道主义的色彩。她关心的是人，是人的城市、人的物质生活、人的生命在战争盲目的毁灭力量面前会变成什么样，她表示了一种泛人类的忧虑，一种超国度、超阵营、超集团的人道主义的忧虑，对于整个人类命运的忧虑。"[1]不难理解为什么《广岛之恋》和《长别离》会引起中国读者的关注：伤痕都需要被讲述、被揭露，痛苦的记忆需要再现、需要缅怀，然后才能被埋葬、被超越。

但"伤痕文学"在中国很快过时，让杜拉斯在中国红极一时的也不是她作品中体现出来的人道关怀，更不是基于她在法国新小说探索上的建树。打动中国读者更多的是作家传奇而让人非议的生平和爱情，她女性的、敏感的、弥漫着浓厚自传色彩的写作风格。

1984年《情人》获龚古尔奖显然大大推动了杜拉斯在中国的流行，中国出现了第一次译介杜拉斯的热潮：两年内出版了六个《情人》中译本，1985年三个，1986年三个。尤其是女作家把情人的身份定格为20世纪30年代西贡富有、英俊的中国男子，"柞丝绸和英国香烟的味道"，1991年出版的《中国北方的情人》中杜拉斯更加明确地点明了情人的身世渊源，这无疑让中国读者，尤其是中国男性读

---

[1] 柳鸣九，《枫丹白露的桐叶》，社会科学文献出版社，2000年，第283—284页。

者的虚荣心大大地膨胀了一下。

如果说堤坝中母亲抵挡太平洋的勇气让读者感到震撼，中国情人的故事则以坦承往事的勇气让读者惊叹不已，那一场"只是当时已惘然"的懵懂爱情和那张"比年轻的时候更美"的"备受摧残的面容"[1]深深打动了中国读者，尤其是中国女性读者耽于幻想的浪漫情怀。但一直要到电影《情人》的放映尤其是杜拉斯和她最后的情人——比作家年轻三十九岁的扬·安德烈亚的恋情见诸报端才让杜拉斯成为中国媒体大肆炒作的焦点，仿佛文字永远没有画面来得触目惊心。尽管杜拉斯一点也不喜欢让-雅克·阿诺的电影，这部"少儿不宜"、经过剪辑才在中国各大影院公映的电影，以及稍后广为流传的全本《情人》盗版VCD、DVD却引起了不小的轰动效应，让很多从来没有翻开过杜拉斯的书的人也知道了她的名字和她的中国情人。

很快，杜拉斯成了在中国最广为译介、阅读和研究的法国当代作家之一。1999年和2000年可以毫不夸张地被称为"杜拉斯年"，两年内约有三十本杜拉斯作品和关于她的传记和研究著作被译成中文，掀起了杜拉斯在中国译介的第二次热潮：1999年漓江出版社出版四卷本"杜拉斯小丛书"[2]，同年作家出版社出版三卷本《杜拉斯选集》[3]，2000年春风文艺出版社出版许钧主编的十五卷本的《杜拉斯文集》[4]。

---

1 杜拉斯，《情人》，参见前注，第3页。
2 《闺中女友》《杜拉斯传》《外面的世界》《黑夜号轮船》（附"奥蕾莉娅"系列、《塞扎蕾》《否决的手》和剧本《伊甸影院》）。
3 《话多的女人》（附《埃米莉·L》）、《毁灭，她说》（附《如歌的中板》《卡车》）、《死亡的疾病》（附《坐在走廊里的男人》《80年的夏天》《大西洋的男人》《萨瓦纳湾》《诺曼底海滨的妓女》）。
4 《厚颜无耻的人》、《平静的生活》、《抵挡太平洋的堤坝》、《直布罗陀水手》、《塔吉尼亚的小马》、《树上的岁月》（附《巨蟒》《多丹太太》《工地》）、《街心花园》（附《阿邦·萨芭娜和大卫》）、《夏日夜晚十点半》（附《安德马斯先生的午后》）、《广岛之恋》（附《纳塔丽·格朗热》）、《音乐之二》、《劳儿的劫持》、《副领事》（附《印度之歌》）、《英国情人》（附《塞纳·瓦兹的高架桥》）、《爱》（附《恒河女子》）、《来自中国北方的情人》和《写作》。

劳拉·阿德莱尔的《杜拉斯传》与扬·安德烈亚的《这份爱》和《玛·杜》都被译成中文，其中后两本的中文书名被译为很有卖点的《我、奴隶和情人：杜拉斯最后一个情人的自述》和《我的情人杜拉斯》。而《情人》，以八个中译本，制造了中国的一个"文学现象"（"《情人》现象"或"杜拉斯现象"），不仅成为杜拉斯最为中国读者熟知的作品，也成了最受某些中国当代作家推崇模仿的外国作品。杜拉斯成了一个神话，一个时间还没来得及检验就已经成为"经典"的当代作家。女权主义者把她视为（女）性解放事业的一面旗帜，而社会学家则把她视为时尚和习俗改变的一个敏感的风向标。中国作家，尤其是"美女作家"纷纷把杜拉斯当作"身体写作""文字裸舞"和"半自传体写作"的楷模。

20世纪70年代，福柯就宣告"自白的时代"（l'heure d'aveu）已经来临："自白在西方已经成了制造真实的最被看重的技巧之一。此后，这就成了在一个公开忏悔的社会……人，在西方，成了自白的野兽（bête d'aveu）。"[1] 稍晚于西方，20世纪90年代以来，自传体小说的时尚也在中国蓬勃地蔓延开来。"自传体小说是一种含混而可疑的文体，作者的我与书中的'我'两相混同，在我的生活故事与我写出的故事之间作者可以毫无顾忌地左右摇摆，作者处于绝对主宰的地位。人物得到赞美时，它是自传；情感悖逆而受到怀疑时，它又是小说。同时，自传的'隐私'性，诱人阅读；小说的虚构性，又可以美化自己的缺憾——作者是最大的受益者。"[2] 真实和虚构重重叠叠、扑朔迷离，交织成一张文字的网。像张贤亮、王小波、陈染、林白、顾艳、虹影、赵玫、卫慧、棉棉等执迷于用第一人称或第三人称"自述

---

[1] Michel Foucault, *Histoire de la sexualité*, tome 1: *La Volonté de savoir*, Paris, Gallimard, 1976, pp. 79–80.
[2] 凹凸，《杜拉斯：文本的表演》，收入于《光明日报》，2002年2月19日。

身世"进行"个人化写作"的作家都曾经风靡一时。

> 对我来说,个人化写作建立在个人体验与个人记忆的基础上,通过个人化的写作,将包括被集体叙事视为禁忌的个人性经历从受到压抑的记忆中释放出来,我看到它们来回飞翔,它们的身影在民族、国家、政治的集体话语中显得边缘而陌生,正是这种陌生确立了它的独特性。[1]

作为自传体小说的典范、文本的表演大师,杜拉斯对中国作家潜移默化的作用是有迹可循的:死亡(《习惯死亡》,张贤亮)、情人(《舅舅情人》,王小波)、往事(《与往事干杯》,陈染)、战争(《一个人的战争》,林白)、欲望(《欲望旅程》,赵玫)、疼痛(《疼痛的飞翔》,顾艳)、饥饿(《饥饿的女儿》,虹影)……这些杜拉斯作品的关键词有意无意间成了中国不少作家某一时期的自我标签,而杜拉斯也成了他们集体学习和模仿的对象,"现在世界上已经有了杜拉斯,有了《情人》,这位作家和她的作品给我们一个范本,再写起来已经容易多了。"[2]

在2003年虹影和丁天的网上对话中,《饥饿的女儿》和《背叛之夏》的作者曾谈到她去杜拉斯家乡访问的一则趣事:

> 中国女作家都受杜拉斯的影响,我收集她英文版的书,对我来说,《情人》是很不错的作品。我到过她的家乡,她的家乡有专门的研究她作品的基金会,老想请我写杜拉斯。我在那儿演讲说

---

[1] 林白,《猫的激情时代》,中国文联出版社,2001年,第301页。
[2] 《用一生来学习艺术》,王小波,《我的精神家园》,译林出版社,2016年,第60页。

"很高兴杜拉斯死了",很多人想跑上台来打我,后来我说"中国人不能再抄袭了",他们就很高兴。[1]

王小波在杂文集《沉默的大多数》《我的精神家园》和多篇访谈中不止一次把杜拉斯当作他重要的文学上的师承,"我对现代小说的看法,就是被《情人》固定下来的"[2]。仵从巨曾经对王小波的"西方资源"做过一个统计,杜拉斯在王小波的作品全集中被提到二十一次,位居第一,"杜拉斯对王小波的影响有'观念'的意义,但更具'技术'的性质"[3]。尤其是《情人》这个放之四海而皆准的"范本"。

这篇小说的每一个段落都经过精心的安排:第一次读时,你会感到极大的震撼;但再带着挑剔的眼光重读几遍,就会发现没有一段的安排经不起推敲。从全书第一句"我已经老了",给人带来无限的沧桑感开始,到结尾的一句"他说他爱她将一直爱到他死",带来绝望的悲凉终,感情的变化都在准确的控制之下。叙事没有按时空的顺序展开,但有另一种逻辑作为线索,这种逻辑我把它叫作艺术——这种写法本身就是种无与伦比的创造。我对这件事很有把握,是因为我也这样写过:把小说的文件调入电脑,反复调动每一个段落,假设原来的小说足够好的话,逐渐就能找到这种线索,花上比写原稿多三到五倍的时间,就能得到一篇新小说,比旧的好得没法比。事实上,《情人》也确实是这样改过,一直改到改不动,才交给出版社。《情人》这种现代经典与以往小

---

1 参见 http://www.ceqq.com/qwsd/zx/004.HTM。
2 《我对小说的看法》,王小波,《我的精神家园》,参见前注,第62页。
3 仵从巨,《中国作家王小波的"西方资源"》,收入于《文史哲》2005年4期,第72页。

说的不同之处，在于它需要更多的心血。[1]

但像王小波这样亦步亦趋、有板有眼地跟着杜拉斯学习感性、学习反复重写、学习文字的节奏和筋骨、学习嵌套闪回各种挪移手法的作家并不多。在聒噪的传媒和中国大众眼里，《情人》不过是文学不可避免地通俗化之后"一本最通俗的小说"[2]，而杜拉斯本身也简单地沦为一个西方和时尚的符码，成了中国女性"小资"和"小私"读本的代名词。一时间《情人》的作者无处不在，大家谈论"欲望的诗意——杜拉斯和她的《情人》"，"湄公河畔的风情——玛格丽特·杜拉斯"，她的中国弟子们崇拜她，安妮宝贝开始重读杜拉斯，洁尘开始编"杜拉斯语录"，台湾地区影星伊能静扬言要做"东方杜拉斯"……不仅要像杜拉斯那样写作，还要"像杜拉斯那样做女人"，文艺女青年甚至喊出了"像杜拉斯一样生活"的口号：

可以满脸再皱纹些

牙齿再掉落些

步履再蹒跚些没关系我的杜拉斯

我的亲爱的

亲爱的杜拉斯！

我要像你一样生活

像你一样满脸再皱纹些

牙齿再掉落些

步履再蹒跚些

---

1 《用一生来学习艺术》，王小波，《我的精神家园》，参见前注，第59—60页。
2 吴岳添，《世纪末的巴黎文化》，社会科学文献出版社，1998年，第7页。

> 脑再快些手再快些爱再快些性也再
> 快些
> 快些快些再快些快些我的杜拉斯亲爱的杜
> 拉斯亲爱的亲爱的亲爱的亲爱的亲
> 爱的。呼——哧——我累了亲爱的杜拉斯我不能
> 像你一样生活。[1]

就这样,杜拉斯在中国也成了一个神话。随着纪念杜拉斯辞世十周年系列活动的展开,杜拉斯再次成为出版的一个热点选题,很快掀起了国内第三次"杜拉斯热"。中国出版界对杜拉斯的"钟爱"应该算是忠诚而持久的,每次系列出版都有交叉重复,不同的版本,不同的出版社,总是同样的书,增加一些新书,重复创造(或者说制造)经典。但这种回顾式的出版样态也契合了杜拉斯写作的特点:杜拉斯找到了属于自己的主题,重复只是为了更好地表现这一主题,而完美永远都不可企及,所以她一直重复,重复同时也是一种新的探索和超越。因为重复是一种加强,在音乐、绘画和文学中都是如此。总是同样的东西,但每次都有不一样的阅读感受,这就是杜拉斯的魅力,没有什么可以抵挡,一旦你走进了她的文本漩涡。

2005年上海译文出版社开始推出名家翻译的"杜拉斯作品系列",有新译本,也有老译本,目前已经推出三十几本。绝大多数没有前言后记,只有杜拉斯文字自身的传奇,似乎是担心任何外部的(比如译者的)诠释会破坏作者和读者约定的"野餐"会,"作者带去词语,而由读者带去意义"[2]。仿佛这一谨慎的态度能赋予"文本的意

---

1 安琪,《像杜拉斯一样生活》,2003年8月1日。
2 艾柯,《诠释和过度诠释》,王宇根译,"诠释与历史",生活·读书·新知三联书店,1997年,第28页。

图"最大程度的自由和忠实,去言说爱情,或者由此企及这一经典言说的"作者的意图",一如印在《中国北方的情人》书腰上简约的两行字:始终没有结束。永远没被遗忘。

在《驳圣伯夫》中,普鲁斯特很清醒地指出,"一本书是另一个'自我'的产物,而不是我们表现在日常习惯、社会、我们种种恶癖中的那个'自我'的产物……"这种说法耐人寻味之处在于,"在日常生活状态下,人们是么容易忽略那'另一个自我'的存在。人们常常搞不清楚哪个'自我'是'日常自我',哪个'自我'是'作者自我',人们总是习惯于用'日常视角'去分析和判断一个作者的创作秘密,因为角度的错误,所以人们才会有日常层面的对作者的无尽苛责或纵容"[1]。玛格丽特·阿特伍德在《与死者协商》中也说过,

> 书可以比作者活得久,也会移动,也可以说是能够改变。但改变的不是说故事的方式,而是阅读的方式。许多评论家都说过,一代代读者重新创造文学作品,在其中找到新的意义,使其历久弥新。书本的白纸黑字因此便如同乐谱,本身并非音乐,但当音乐家演奏——或者如大家所说的"诠释"——它时,便成为音乐。阅读文本就像同时演奏并聆听音乐,读者自己变成了诠释者。[2]

面对杜拉斯,中国读者在演奏并聆听"小音乐"时无疑暴露了自身的问题。2014年4月4日8点48分,中央电视台新闻中心官方微博发布了一条煽情的央视新闻:"【人人都爱杜拉斯】'爱之于我,不是肌肤之亲,一饭一蔬,它是一种不死的梦想,是疲惫生活里的英雄

---

[1] 普鲁斯特,《驳圣伯夫》,王道乾译,百花文艺出版社,1992年,第71页。
[2] 玛格丽特·阿特伍德,《与死者协商》,严韵译,上海三联书店,2007年,第36页。

梦想.'——杜拉斯。今天是法国女小说家玛格丽特·杜拉斯一百周年诞辰。杜拉斯的经典,哪句戳中你心?"这条新浪微信在一个月里被阅读38万次,4 680次转发,1 175评论,1 578个赞。九宫格贴的九句所谓的杜拉斯语录,第一句就是这句"爱之于我"。只是这句话改写自陈丹燕的《鱼和它的自行车》一书中的句子,网上缪传已久,也难怪很多网友哀叹:"央视原来不读书!"

  我们不得不承认,人人都在谈杜拉斯,但未必人人都读过杜拉斯,很多人对杜拉斯的印象一直停留在让-雅克·阿诺导演的《情人》这部电影上,很多中国读者看杜拉斯的眼光非常狭隘。《情人》成了杜拉斯的魔咒,谁能唤醒森林里的"睡美人"?中国媒体对杜拉斯的总体印象还是肤浅的,跳不出白人小女孩十五岁半的"爱情",把杜拉斯一生的创作跟《情人》画上等号显然是过于天真和轻率了。袁筱一也说过"千万不要以为杜拉斯是个小女人。我想,这是在众多的读解中,我最不喜欢的一种误读。杜拉斯从来不是小女人,尽管出于误解(当然是她自己的错),出于她对自己生命的难以把握,她影响的是一代所谓私人写作的小女人作家——至少在中国如此"[1]。事实上,杜拉斯不仅在写作上有追求,在政治上也有追求,作为法国知识界介入政治社会生活的积极分子,杜拉斯参加过抵抗运动、加入过法国共产党、游过行、卖过报、发过革命传单;作为文艺多面手,她既是作家,也是戏剧家、导演和专栏记者;作为热爱生活的模范,她热情好客,能做一手好菜,把家里打理得妥妥帖帖,花草照料得停停当当,就连被她插在各种瓶子里的干花都有一种颓废的物哀之美。她有过情人,甚至太多的情人,喜欢年轻的身体,但她在每一份爱里都倾注了真情,而爱也滋养了她的生命和写作。

---

[1] 袁筱一,《文字传奇》,华东师范大学出版社,2019年,第111页。

不过有时候，误读也可以变成另一种领悟和解读。比如王道乾翻译的《情人》的译本，在王小波等一众杜拉斯拥趸的眼中，代表了文学完美的境界："到了将近四十岁时，我读到了王道乾先生译的《情人》，又知道了小说可以达到什么样的文学境界。"[1] 就是这本备受膜拜的译本，仔细对照阅读也有几处字句上的出入。比如原书中有一句"Nous retournons à la garçonnière. Nous sommes des amants. Nous ne pouvons pas nous arrêter d'aimer."王道乾对应的译文是"我们又到公寓去了。我们是情人。我们不能停止不爱。"[2] 对照原文，我们发现，忠实地译过来是"我们不能停止爱"，这是一种明知道爱无花无果，却不能不爱的绝望和悲怆。但这里的错却错出一种非常特别的味道，让人想起塞尔吉·甘斯布的那首情歌"Je t'aime moi non plus（我爱你，我也不）"的倒反修辞法，这或许就是凌小汐为什么会把这句话用作为她写的杜拉斯传的书名[3]的缘由罢："我们不能停止，我们不能不爱。"

是阅读成就了经典。今天，杜拉斯之于我们的意义或许就在于此，她依然能勾起我们阅读的味蕾，让我们心甘情愿走进她用文字砌筑的迷宫里，理解也好，误读也罢，在如水的小音乐中看到灵魂深处，世界和自己的倒影在写作的暗房里，渐渐浮现。

2006 年 9 月，陶园
2014 年 12 月，和园[4]

---

1 《序：我的师承》，王小波，《万寿寺》，译林出版社，2016 年，第 1 页。
2 玛格丽特·杜拉斯，《情人》，参见前注，第 76 页。
3 凌小汐，《我们不能停止不爱：杜拉斯传》，中国华侨出版社，2014 年。
4 这篇文章也融入了我于 2014 年纪念杜拉斯诞辰 100 周年之际写的《是谁误读了杜拉斯》一文。

外两篇

中国小脚[1]

［法］玛格丽特·杜拉斯/文　黄荭/译

中国是永恒的。我，那年五岁。我们去那里度假，为了逃避东京湾[2]三角洲的绵绵细雨。旅行是漫长的，花了三天时间穿越云南的山岭。我很清楚这是中国，不是印度支那[3]，不完全是，名称上有点差别，我还知道中国人很多，尤其在中国他们最为密集，他们不想要小女孩，在他们眼中小女孩一钱不值，如果生的女儿太多，他们就把她们扔给小猪吃。这些都是别人教我的——就像日后教拼写和法兰西的伟大一样——在我们到达云南府之前，为了让我看到中国人的时候就知道是怎么回事，知道怎么去称呼他们。他们教得甚至更多：中国广袤、残酷、善生养，在那里孩子们都非常不幸，你们从来都不知道你们有多么幸运。爱情被放逐。中国人不痛苦。他们从来都不拥抱自己的孩子。死亡并不让他们害怕。他们从来不哭，也不会哭。定期地，汹涌的洪水在中国肆虐，中国的河流也不像其他河流，它们都是以颜色命名的，它们离开河床，冲毁一切，夺走三十万人的性命，尤其是孩子，显然因为他们个子小，因此在大人之前就被淹死了，办完这些坏事之后，它们就退却了。但在中国因孩子的死亡而引起的悲恸要比

1　选自《解读杜拉斯》，贝尔纳·阿拉泽、克里斯蒂安娜·布洛-拉巴雷尔主编，黄荭主译，作家出版社，2007年。(本文脚注如无说明均为译者注。)
2　越南北部地区。
3　法语中中国是Chine，印度支那是Indochine，从构词上有雷同。

在别处小得多，他们已经习以为常，有那么多的孩子死掉，又有那么多的孩子出生，一切周而复始，有规律地发生、平复、堵塞、遗忘，没有必要因为水灾而悲哀。

但至少，别墅很漂亮，土夯的，坐落在开满鲜花的园子中央。一条小溪从旁流过。我的哥哥，在头一天就找到了三只蟋蟀。对他来说，那也是中国的一部分。他整个假期都在找蟋蟀，中国之于他就是有云南美丽的金褐色蟋蟀的国家。

但至少，城市也是美丽的。富足的城市，给人的印象如此，我几乎没有任何关于贫穷的回忆。我从未见过这样的景象。她建在丘陵上，到处都是台阶，层层叠叠的，白色和蓝色的房子，红色的招牌颤颤巍巍的，响着凉鞋的踢踏声和流动商贩哽哑的吆喝声。有时候会碰到几只小山羊。我从未在任何一个梦中找到过可以和她比拟的城市，那么名不虚传。巴黎，我十七岁那年见识到了，在她旁边，显得零落，不够紧凑。热那亚[1]港的街道倒可以，如果愿意的话，给你一个小城之于我的印象，当时我只是一个从红河凄凉的平原、河内碎石铺的宽敞寂寥的街道上出来的孩子。我认为，城里卖的没有别的，只有皮货、茶叶、丝绸和鸦片，五百种皮货，两百五十种茶，上千种丝绸和鸦片。人们只吃流动小贩供应的糖果和煎饼过活。城市里飘扬着焦糖的味道。城市本身也是甜的，像鸦片；涩的，像茶；野性的，像毛皮。

但第二天，突然，我看到了中国女人的脚。我叫出声来。在她们小时候，人们跟我解释说，像你这样的年龄，就只给她们同一双鞋子，直到二十岁。但为什么呢？因为就是这样，在中国，人们只喜欢小脚。它们以一种病态的缓慢成长着，原本可以长很胖很大，却只能被装在我五岁的脚穿的鞋子里。它们迈的说实话不能叫步子，而是雀

---

[1] 热那亚（Gênes），意大利主要的港口城市，商业中心。

跃,像鸡一样,脚和腿连一弯都不弯。对于这样的脚,跑步是不行的,甚至就是快步走也很勉强。似乎小脚让她们很花心思,吸引了她们全部的注意,以至于我以为她们受着折磨,苦于行走,我从未想象过可以在痛苦中行走,以为走路只能是一种最大的愉悦。在这里,或许人们只喜欢小脚,但如果长了一双大脚又会招来怎样的惩罚,终其一生?它们是物,物,和身体的主人隔开了,离异了,如果说我埋怨这些女人,她们让我觉得可怕,那是因为她们让自己的脚忍受这样的摧残。难道她们的脚就没有权利,像她们、像小鸟一样,完全长到它们天然的大小?

我想,这是我看到的第一个集体受罪的场景,而这,在五岁的时候,已经让人难受了。五岁的时候,我为中国女人嵌在小鞋里的脚痛苦不堪,我模糊产生了一种错误的感觉。因此脚有一个重要的价值,只是还不被了解。我看着自己的脚,它们自由,像长了翅膀,在大小合适的凉鞋里,我受不了世界上所有小姑娘的脚无法享受同样的自由。我幻想这些受到压迫的脚不顾一切还是在长大,宁可自娱而不愿取悦于人,膨胀,胜利,撑破鞋子,自我解放,最终长大。但我想,为什么不跟她们解释呢?那得花上千年的时间,人们对我说。是的,中国人如此喜欢小脚的天性真是一种可怕的宿命。我五岁,在中国。

之后,是旺鸡蛋[1]。那似乎比小脚更过分。别再想了,人们对我说,我们对此无能为力。但我不愿意接受这种无能为力,我老想着它。我爱小鸡亲同手足,对人们让它们所忍受的虐待,我肯定负有责任。它们和猫一起,是惟一比我小又让我觉得亲近的生灵。我幻想着要把它们全部解放。我的所有小鸡都破壳而出,我的所有小姑娘的小

---

[1] 中国人爱吃的美食。当蛋还在孵化的时候就被放到石灰中存放,避免它孵出小鸡来。——原注

脚都撑破她们的鞋子。把小姑娘扔去喂猪的故事对我的震动没那么大，可能是因为她们已经出生了，已经走出了夜，呼吸着，因此当她们被猪吃掉的时候，在我看来就没有被窒息的小脚和小鸡那么令人愤慨，这种如此完美、如此彻底的对生命的窃夺。不让长大比单纯不让活要严重得多，在我看来，不让呼吸、不让出去也比马上弄死要严重。当我们去云南乡下散步的时候，远离丝绸和鸦片，经过城市周边那些悲惨的村镇的时候，我看到土夯的笼子，只有一间，用一块离地一米高的木板盖着，下面总是养着两三头猪，我心想那是出于方便的考虑而做的设计，因为如果你生了个多余的女儿，不用烦恼，只要马上挪开木板扔给猪就完了。因为我以为孩子生得很快，几乎什么时候都有，女人们怀孩子也像田野里的花花草草一样迅速，我当然知道，另一方面，猪只要活着，总是要吃东西，我看到多余的女孩按照猪的胃口的节奏出生，可以说完全一致。猪通常在我看来挺和善的，所以又一次，我也没觉得它们享用父母不要的小女孩有什么可耻——猪就像孩子，在大人看来，它们不是很清楚自己在做什么——相反，大人，如果是中国人的话，肯定就是充满理智的。而且猪总是饿（就像我看到的世界上所有的牲口一样有惊人的、难以餍足的胃口，真是不幸），既然在这个奇怪的国家人们只给它们吃小女孩——总之是自然的，合法的——它们又怎么能够拒绝呢？它们甚至都没有选择去吃她们，是人们把她们送来吃的。但是人，他们在不饿的时候也会选择吃小鸡，或至少从表面上看，他们饿也是因为别的东西而不是还在孕育成形的小鸡。那么在人的胃口面前，小鸡到底是什么？这些丰腴的中国人有什么权利像吃水果香糖一样吃它们，犯下这可怕的罪行呢？猪，它们，关在木板底下，只能指望人的好心，小女孩的出生，在我看来，和猪一样，几乎都带着一丝温情，我的小脚、我的小鸡的世界要比其他世界、大人的世界要更亲切，后者决定了所有一切的命运，甚至猪的罪行。而且，还有，我很清楚回头会怎样，人在这一慷慨施舍的合谋中要捞回什么好处,当猪被认为吃了足够多的小女孩养得够滋润的时候,等待它们的会是什么,人开始在周围转悠,带着贪婪的眼睛。不,尽管这种经济是那么怪诞,但并没有让我感到震动。

并不真是,中国没有任何东西比小脚和小鸡对我影响深远。甚至不是云南府两百名富家女子一同乘坐一艘蒸汽船出游,像家禽一样挤在一起,发出家禽般的叫声,因为她们几千年来对平衡的规律几乎一无所知,以至于船在一眨眼工夫就沉没了,她们全部丧生,裹在一直到脖子的织锦窄衣里,被她们可怜的穿着绣花缎子鞋的残废的脚拖着沉入水底,额头上是愚昧和女性的柔弱。

但时间过去。我们离开云南回东京湾三角洲。我长大了。我的脚和我一起长大,忠心耿耿地,而中国小女孩长大的只是孤单的身子,脚不长大。因此,我是全面地长大,伴着雀巢奶、净化水、漂洗过的生菜。在两层软木带透气孔的殖民地头盔的荫庇下,我设法让自己像其他所有人一样长大,那些帽子是舅舅每年让人从圣艾蒂安工厂带来的,考虑到我成长的速度。我的被人们很早就再三教导我的病菌、疟疾按蚊、变形虫和其他看不见但同样危险的造物吓坏了的心智也丝毫无碍,我依然在成长。如果说,从八岁开始,当男仆的儿子在我面前吃芒果的时候,我就会想:"他吃进去多少厉害的病菌啊!"我等到第二天去看他是否还活着;如果说除了捉迷藏、扮牛仔,其他游戏我一概不知,那是因为阴险的毒蛇,我知道,在花园每一块石头下面觊觎着我,没有大人看着,我被禁止独自在园中嬉戏;如果说在童话的年龄,我只知道热带的太阳,如果它不把人晒死,就是让人发疯,而人一旦疯了,通常一辈子都不会清醒了,还有狗——我从来没有养过——人们从来不知道它们是否得了狂犬病,在这些地区,所有的花都被认为是有毒的,除非证明它不是,就像蛇一样,只要你摘了其中的一朵,你的手指就会掉下来;如果我还知道,在看西部牛仔片的年龄,在电影院,借着黑暗,带着鼠疫跳蚤的老鼠在四处游荡,知道在殖民地，不能冒着生命危险去看一部牛仔片；如果我六到十岁只和我的同类——总共也就只有四个和我一样的白人孩子一起玩耍，在一个和多尔多涅一样大的省份（我父亲去世了，我母亲，小学老师，之前被任命到一个地方就职），却从来没有和男仆的女儿一起玩过，一方面她没有教养，另一方面，她可能会传染给我她身上固有的无数细菌中的几只——细菌是不能让它们挪地方的，一挪就醒了；那么我的身体器官对所有这些因素都无动于衷，它凭着自己的意愿慢慢地成长。什么都影响不了，我的帽子和鞋子的尺码也正随之变大。中国变得遥远，还有小脚和小鸡。然而，当我到了被教导童年通常是人一生最美好的时期的年龄——这让我陷入矛盾之中——我依然记得。甚至对中国小女孩也一样么？我问自己。对那些像小鸡一样的小动物？算了吧，人们对我说，你已经过了说这些蠢话的年龄了。我试着忘却，我做到了。时间继续流逝，我继续长大。

不顾一切地长大，不管细菌的威胁，还有，很快人们就教我的，罪恶的威胁——但这还在其次。致命的罪恶可以害死它的罪魁祸首（在我身边人们就可以看到一些例子），最可怕的，不是不存在罪恶的细菌——人可以到处犯罪，甚至在本土——但人们不仅可以在行动上犯罪甚至还可以在思想中犯罪，在这片大殖民地上，细菌四处蠕动，在这种事情上毫不留情，而思想，它是那么看不见摸不着，无法控制，却照样可以害死它的始作俑者。所有的威胁都没能阻止我长大——我的骨骼的钙化对此置若罔闻，并没有延缓自身的生长。当谎言也和霍乱一样能害死人的时候，我已经变得比我自身的不幸、我自身的细菌、我自身的毒蛇强一千倍了，如果我生在第戎，几个月都生活在一根绷紧的吊绳上，除了烦心去避免我自身不可见的和不可控制的，身外的细菌、体内致命的思想都不能阻止我在适龄的时候进入青春期。如果这是所有如此微妙、如此艰难的分分秒秒组成的惊险杂技，有时候我还是会惊讶，有那么多的人都在从容地经历，我还是和其他人一样成功了。中国变得更加遥远了,还有小脚和小鸡。然而,当我对自己说存在是怎样的竞争,人们教我只有白人才真正地竞赛,而当地人,他们被淘汰、不让从事公职,是因为从他们一出生,甚至永生永世都罪孽深重,怎么斗争都于事无补,致命的罪恶也害不死他们,因为可以说他们是免疫的,就算罪恶在他们的灵魂里蚁聚,像细菌在他们体内一样,都是无害的,因为实在是太多了。(此外一切都是上天安排好的,因为如果罪恶也会害死他们,那么法国人,这些可怜人,他们在印度支那会怎样?)是的,然而,是的,我还记得。那中国人呢?我问自己。中国人什么?他们也一样罪孽深重?但是中国人,人们对我说,他们跟我们无关,中国人在他们自己的地盘上,我们在我们的地盘上,我们何必去操心中国人呢?

时间继续流逝。我继续长大。一天,我很高兴地发现,人不会动不动就因为罪恶而死去——啊!完全相反——最好的证据就是那些骗我告诉我先前那些相反的东西的人都健康如鲜花怒放。我发现这一推理的时候已经应该算很晚了,但我还是像每个人一样发现了它。这就是我童年的终结。后来人们教我几何、法语、拼写和殖民征服的伟大,关于终究离开了父母家的贞德[1]的事迹,关于反殖民统治的革命;关于罗伯斯庇尔[2],说他是个粗人;关于圣茹斯特[3],说他是背信弃义的小人;关于路易十六,他原本可以尽快逃走的;关于拿破仑,他是科西嘉岛人;关于法国,她是我的祖国,她付给殖民地公务员的工资却不高。这以后什么都不能再阻止我去怀疑所有话语,最终理智地成

---

1 圣女贞德(Jeanne d'Arc, 1412—1431),法国民族英雄。出身卑微,1425 年听到神谕去拯救法国国王,解放被英国侵占的国土,后来被出卖给英国人,当众烧死在鲁昂的广场上。
2 罗伯斯庇尔(Robespierre, 1758—1794),法国革命家,在法国大革命中起过重要作用,是他主张把路易十六送上断头台,最后自己也葬送在革命广场的断头台上。
3 圣茹斯特(Saint-Just, 1767—1794),法国革命家,法国大革命的中坚分子,1791 年出版了《法国革命与宪法精神》,最后死在断头台上。

长。中国完全远去了，我的小脚小鸡的世界沉没到无尽的黑暗里，无依无靠，但我又能怎样？总得让童年过去。这要花很多力气和时间。需要花很多时间才能回到童稚之年的中国，回到那些小鸡和那些小脚。很多，真的。至少对我是这样，那很漫长。十七岁的时候，当我到了法国，我还想在卢森堡公园玩捉迷藏。仅仅过了一年，我就可以不假思索地喝我旅店房间里的水了。说服自己蛀虫是无害的花了更长的时间。但我还是做到了。我和每个人一样，也学会了认为生活是美好的，是无穷的宝藏。在这些小小的成功面前，其余的都无足轻重。每样东西都有各自的时间。就是在这些胜利的基础上我们才能取得其他的凯旋，伟大的凯旋，于是我们就成了和大家一样的人，于是中国在你的土地上又回到了原来的位置。因为什么都无济于事，中国总会和你有关，人类的新的微笑不是一直都和你有关吗？不。我希望她跟你有更多的关系，怎么说？在你还是小孩子的时候，她显然已经和你有关系了。当然，这个每个人都知道，有一些东西，有一些满足是小孩子，很小的小孩子，很小的生命特别热切期盼的，它们在大人眼里不足挂齿、视而不见，但孩子们却非常在意。对他们来说，那就是真正的痛苦，比如说知道一个蛋壳不能被夺斗的、忘恩负义的嘴巴最初的几下子啄开，只有一只小鸡雏的绝望和盲目，蛋壳完好无损，从此一无是处。或者知道有那么一些脚的存在，被窒息、被扼杀，在它们所谓的主人有意无意的时候簌簌地在阳光下索取立锥之地。但是什么？这个，大家都知道，大家或多或少都是这样过来的，总之，我现在想说的就是一直以来，以一种方式或另一种，从小脚或小鸡或其他东西开始，所有的美德，所有的教育——最坏的和最好的都一样——我们总能企及。没有什么可以阻挡。

未发表的文章，1950

我所参与的《广岛之恋》的后期制作[1]

［日］岩崎力/文　黄荭/译

一

我在巴黎有过一段珍贵而难忘的记忆，距今刚好半个世纪：我参与了阿兰·雷乃的电影《广岛之恋》同期录音的后期制作，这部影片的剧本是玛格丽特·杜拉斯写的。后来有人跟我说剧组曾经考虑过找人给男主角冈田英次配音，比如找保尔·莫里斯。但思前想后，剧组最终决定让冈田亲临巴黎录音。

我当时在巴黎已经待了两年，是拿法国政府奖学金的留学生，但我的奖学金马上就要到期了。我马上答应给这位用埃曼纽尔·丽娃对记者说的话形容是"一句法语都不会说的日本演员"做翻译。而且，从十六岁开始，冈田一直是我最喜欢的日本演员：我看过他演的今井正的电影《来日再相逢》，是根据罗曼·罗兰的小说《皮埃尔和吕丝》改编的，所以我很想认识他本人。在日本拍摄《广岛之恋》的时候，冈田就不得不把每句台词都鹦鹉学舌地背下来。在同一个采访中，丽娃曾对他的语言天赋大加赞叹。

于是我和法方制片主任一起去奥利（华西当时不过是巴黎大区的

---

[1] 文章是日本东京外国语大学教授岩崎力于2009年9月9—11日在由国际杜拉斯学会和日本东北大学联合举办的"杜拉斯与东方"国际学术研讨会上的发言，回忆了他半个世纪前参与《广岛之恋》同期录音后期制作的经历。

一个安静的小村庄）接冈田去位于圣日耳曼区伽利玛出版社附近的皇桥酒店。阿兰·雷乃和他的剧组（亨利·柯尔皮等）都在等他：他们一年前在广岛和日本其他地方拍摄了电影的大部分镜头。好像那天杜拉斯不在，埃曼纽尔·丽娃也不在。他们的重逢是在两三天之后，在蒙马特高地的马利尼安工作室。

对冈田而言，几天的小憩的确必不可少。当时，人们告诉他接下来的工作会怎么进行，在哪里进行。工作将持续三周，当然周日不工作，从早上九点到晚上六点，中间有两小时的午餐休息时间。三个星期就为了给一部一个半小时的电影配音！冈田对我说："这要是在日本，三天就做完了。"

第一天，好几样东西让我印象非常深刻（这很正常，因为我第一次参与一部电影同期录音的后期制作）：整部电影被分成二十几段长短不一的片段，每一段都有一盘带（环形磁带）；所以当放录机播放的时候，只要我们不按停，画面就会一遍遍不断循环播放。而且，我注意到在屏幕下面，一条水平的光带从右到左地播放所有手写的台词。一根垂直的小棒指在播放的画面同步的台词上。所以演员们只要把小棒所指之处的台词读出来就好了。冈田本人对这一大大简化演员们录音工作的提词系统大为赞叹，就他所知，这一系统在日本尚不存在。

二

我重读了伽利玛出版社出版的玛格丽特·杜拉斯的《广岛之恋》，为了重温那三周的记忆。

令我印象最深的，是阿兰·雷乃对完美的孜孜不倦的追求。比如在剧本第三部分（丽娃在酒店旅馆激情一夜的翌日），有一个场景冈田对她说："在广岛很容易再找到你。"丽娃穿着护士服，因为她刚演完广岛和平广场上的最后一幕。冈田来接她。他在麦克风前把这句话重复了五十次。很平静的语气，但非常坚定。雷乃在高处喊，也就是说在录音棚。"请再重复一遍"或"请再来一次"。他希望日本演员的口气中有一丝嘲讽的意味。每一次，冈田都用自己的方式改变语调。徒劳无功。因为不懂法语，他使出浑身解数都没办法让雷乃满意。雷乃非常耐心。他把冈田读的五十次台词都录下来，在其他人工作结束后，我想他独自留在工作室，再次认真地聆听所有录音。作品完工后，我们发现他选择了用最中性、没有丝毫嘲讽、最平铺直叙的方式说出来的那句，就像影片开始两人的对话一样。

另一个例子：在第四部分，他们在泥泞的河边的一家咖啡馆里。冈田说："我不能想象内韦尔。"丽娃回答说那是她家乡，并讲了她二十岁时发生的事情。按照剧本里的情节，雷乃让丽娃喝酒，就和在广岛拍摄的画面一样，直到她真醉了。我想她至少喝了十瓶啤酒。雷乃希望录这一幕的时候一定要录到丽娃醉醺醺的声音。

第三件吸引我注意力的事超出了《广岛之恋》的范畴，延伸到另一部电影，那也是杜拉斯写的剧本、亨利·柯尔皮导演的《长别离》。在旅馆激情一夜后，冈田还在睡，而丽娃已经起床了，穿着浴衣，看着他熟睡。杜拉斯的点评是："她异常专注地看着他的手，那只手在睡梦中有时会微微地颤抖，像孩子的手（……）。当她注视这个日本男人的手时，一个年轻男人的躯体取代了他，以同样的姿势躺着，但已经奄奄一息……"这个年轻人，是一个德国士兵，是女主人公二十岁时的爱人，在卢瓦尔河的码头上正在死去。有人在对着码头的花园或其他地方朝他开了枪。这是一个典型的普鲁斯特式不自觉的回忆的例子，而在《长别离》中，人们想要唤醒一个男人下意识的回忆，唤醒他的过去：影片中的女主人公，泰蕾莎，看到一个走过她经营的位于巴黎郊区小城咖啡店门口的流浪汉，看到他的脸，她相信他就是自己去打仗的丈夫，她试图唤醒他对过去两人夫妻生活的回忆。她准备了他喜欢吃的饭菜,让他吃他爱吃的奶酪,一起听他俩都爱听的歌剧选段。白忙活。但在最后,当他听到别人喊他名字,阿兰·瓦尔特,他马上停了下来,举起双手!泰蕾莎的努力唤醒的只是深埋在他心底的回忆,他潜意识中的回忆突然闪现。

三

接下来,我想谈谈雷乃的钻研精神。就在第五部分的开头,有一幕丽娃在酒店洗脸池前的独白。杜拉斯评论道:"她朝洗脸池走去,把脸浸在水里。我们听到她的第一句内心独白。"丽娃还带着一点河边咖啡馆残存的醉意。录音的时候她先是喃喃地道出这句台词。可能她认为这样说更好,因为是一句内心独白。她把这段不算太长的内心独白一气说完。沉默了一会儿,雷乃在楼上用麦克风建议她尝试用另一种方式再说说看:用正常的嗓音去说,而不是喃喃自语。雷乃让她试了两三次,录了音。他没有说丽娃在镜子里的嘴巴并没有动。最终他选择了正常的声音,平静的,背诵一样。

有一次(可能是休息的时候),雷乃走到我身边,问了我一个问题:"难道就不能把 Ota(太田)发成 Ora(Aura)的音吗?"的确,在两个人物(我们还不知道是谁)一开始的对话中,有一句非常美的句子,是一个女声说的:"在太田河三角洲的七条分支……"因为涉及专名,我的回答是不行。雷乃有点怅惘,但他跟我说:"要是可以发成 Aura(未来河)那该多美啊!"但没有任何办法可以改变流经广岛城、工业宫废墟边的河流的名称。

我要不要给你们说一则趣事呢?我有点犹豫,因为这跟我自己有关。在电影开始,有一段像杜拉斯在提示中所说的混浊、平静、背诵一样的对话,有一会儿,语调变得自然。丽娃和冈田躺着,突然,她说:"听……四点了……"他问为什么?她回答:"我不知道他是谁。

他每天清晨四点都从这儿经过,而且,他还咳嗽。"这时我们听到屏幕尽头传来一声咳嗽。

我们组织了一次咳嗽比赛,有三个人参加:冈田当然是其中的一个,还有亨利·柯尔皮和我。冈田演得太过了:他咳得跟一个哮喘病人似的。导演说:"咳成这样,他根本不能凌晨四点出门。"因此,排除出局。亨利·柯尔皮那天真的感冒了。因此也因为同样的原因被刷掉了。我的咳嗽声被认为对一个晨起者来说是最健康、最好的。所以如果你们有机会看这部影片,你们可以听到我的咳嗽声。

你们不仅可以听到我的咳嗽声,你们也能听到我的说话声(而且还是用英语说的几句话!)。在电影快结束的时候,别离在即,丽娃走进几乎冷清的小酒店(已经夜深了)。她独自一人坐在桌边,杜拉斯提示道。冈田,比她晚一点到。在她那张桌子对面的一张桌边,坐着一个年轻的日本人,一看就是浪荡子的模样,走到她身边搭讪,"Are you alone?" "Do you like Japan?",等等,都是些陈词滥调。丽娃没有理会他。

雷乃不得不把给这个浪荡子配音的任务交给我,因为在工作室,除了我就没有别的日本人了,当然冈田除外,显然,这个角色不能让他演。我不知道雷乃怎么想,但他很肯定我的英语跟画面中的人物不般配。

四

休息的时候,雷乃下楼来找我们。他是一个平静、和蔼、总是笑眯眯的人。他想让演员和工作人员放松放松。不过,我觉得他这么做是自发的,而不是刻意为之。有时他开玩笑:把自己的姓的每个单词都读出来——雷斯奈斯,或者用同样的方式读大家熟知的广告。

有时候,杜拉斯也会来工作室看我们(不是天天来)。我想《广岛之恋》是她为电影写的第一个剧本。对雷乃而言也是一次新的尝试，他是靠拍短片出道的，《梵高》《保尔·高更》《格尔尼卡》《夜与雾》，这次是他拍摄的第一部长片。所有这些影片都为他赢得盛誉。这些短片我去法国前有幸在日本全部看过，因为我当时一边攻读硕士学位，一边在东京的日法会馆担任主任助理。会馆每周组织一场法国短片放映，我负责为观众把法语的点评翻译成日语。这也是我答应为冈田做翻译的原因之一。

杜拉斯看上去对他们的工作很感兴趣。她后来不仅写了其他剧本（几乎是紧随其后写了《长别离》），而且她还把自己的小说拍成电影。对电影的强烈兴趣或许就是从《广岛之恋》这一经历开始的。她请过我们两次。第一次是在她巴黎圣伯努瓦街的家里。我记得是一个星期天的下午：雷乃也在。杜拉斯带我看了她的书桌和四壁的藏书。她骄傲地指给我看一张相框里的照片上一个十几岁的男孩子。孩子不在家，她跟我解释说，那是她的儿子让。我后来才知道他是杜拉斯和马斯科洛的儿子。在数不清的藏书中，我记得有瓦莱里·拉尔博（Valery Larbaud）翻译的塞缪尔·巴特勒（Samuel Batler）的作品。我们正在参观的时候，电话响了。杜拉斯去接电话。再回到我们所在的客厅时，她告诉我们说是让娜·莫罗打来的电话，莫罗还说她嫉妒埃曼纽尔·丽娃。莫罗坚持要演一部由杜拉斯的小说改编的电影。几年后，彼得·布鲁克导演《琴声如诉》，她的确扮演了片中的女主角安娜·戴巴莱斯特。我记得热拉尔·雅尔洛也在场，当时他和杜拉斯一道生活。在伽利玛出版社出版的《广岛之恋》的扉页上，女作家放了他的名字，作为文学顾问的身份出现。

第二次是在杜拉斯乡下诺弗勒城堡的房子里，去吃晚饭。客人仅限三人：丽娃、冈田和我。村子距离巴黎有一百来公里。丽娃开着她的"小4CV"汽车载我们去，她喜欢这样称呼她的汽车。她一边开车一边赌气，因为她刚忙完工作室的工作，白天已经把她折腾得筋疲力尽了。

杜拉斯很喜欢冈田，非常欣赏他在电影中的演技，晚饭的时候她向他提了很多问题。她想知道他对日本的戏剧、电影和政治的看法。他和她一样都是左派，一聊起来简直没完没了。（我根本没有时间吃饭！）我记得有一刻冈田问杜拉斯当时在写什么。"我很快要写完我的下一本小说，我想给它取名叫《夏夜十点半》。"的确小说次年在伽利玛出版社出版，也就是说1960年。

五

回忆涌上心头，此起彼伏。但我已经没有时间去细说。

最后一件事，是一件说小也小、说大也大的事：埃曼纽尔·丽娃最近重返日本，今年4月，在东京的日法会馆做了一个讲座，但等我知道已经为时太晚。当我接到通知的时候，讲座的日期都已经过了。我很遗憾错过了这次重逢、听她说话的机会，尤其是她肯定会谈到雷乃的电影。冈田和杜拉斯都已经辞世多年，我跟她肯定有很多话可说。但遗憾总是为时太晚，因为如果没有错过，那就不是遗憾了。

附 录

杜拉斯生平大事记

1914年4月4日	玛格丽特·日尔曼娜·玛丽-多纳迪厄出生在嘉定市（交趾支那[1]）。她父母亨利和玛丽·多纳迪厄在印度支那任教，玛格丽特是他们的第三个孩子。
1915—1917年	玛格丽特·多纳迪厄随同父母和两个哥哥皮埃尔和保尔·多纳迪厄一起首次回法国住了一阵子。1917年6月回西贡。
1918—1919年	玛格丽特·多纳迪厄和她家人一起住在河内（东京地区）。
1920年	年初，亨利·多纳迪厄被外派，独自动身去金边（柬埔寨）。1921年1月一家人团圆。因为疾病，他于是年春天回法国。
1921年12月4日	亨利·多纳迪厄在法国去世。他家人留在金边。
1922—1924年	玛丽·多纳迪厄和孩子们住在亨利去世前买的在帕尔达朗（洛特-加龙省）的一处产业——普拉提耶。

---

1 前法属殖民地印度支那分为三部分，即北部的东京地区、中部的安南地区和南部的交趾支那。

1924 年	玛丽·多纳迪厄于夏天回到金边。秋天,她被派到湄公河三角洲的永隆(交趾支那)任教。皮埃尔·多纳迪厄因为学业回法国。
1925—1928 年	玛格丽特·多纳迪厄和哥哥保尔住在永隆。他们的母亲是当地一个女子学校的校长。就是在永隆玛格丽特遇到了日后出现在她作品中的"女乞丐"。也是在那里,她听人说起她日后作品中的典型人物安娜-玛丽·斯特雷泰尔。
1925 年春	玛格丽特取得小学结业证书。
1927 年 7 月	玛丽·多纳迪厄在柬埔寨南方波雷诺(贡布省)买了一块政府租借耕地。皮埃尔·多纳迪厄时不时回来和永隆的家人团聚,之后是沙沥,因为 1928 年 10 月,玛丽·多纳迪厄被派到那里。是年秋天,她决定让女儿注册就读西贡的夏斯卢-洛巴公立中学。
1929—1930 年	多纳迪厄一家住在乌瓦洲平原湄公河畔的沙沥,玛格丽特周末和放假的时候就从西贡回来。就是某个周末,在回沙沥的湄公河的渡轮上,她遇到了一个男人,此人成了她日后写作中国情人的原型。
1931—1932 年	1932 年 4 月到 1933 年 9 月,玛格丽特和母亲及两个哥哥一起住在巴黎郊区旺弗。1933 年 7 月,她顺利通过第一部分的中学毕业会考。
1932—1933 年	玛格丽特在夏斯卢-洛巴中学就读。7 月通过第二部分的中学毕业会考。
1933 年秋	玛格丽特彻底回到巴黎,她注册就读在法律系。
1933—1937 年	玛格丽特修读法律。获得公法和政治经济学本

	科和硕士学位。1937年6月,她进入殖民地部的信息处工作。她在那里一直待到1940年秋。
1939年	乔治·芒代尔负责殖民地部,要求他的新闻专员菲利普·罗克和玛格丽特·多纳迪厄撰写一部歌颂法国拥有的海外领地的著作,来对抗二战期间德国的强势宣传。就在1940年6月法国大溃退的前几天,《法兰西帝国》署了两人的名字在伽利玛出版社出版。
1939年9月23日	玛格丽特和罗贝尔·昂泰尔姆结婚,一个她三年前在法律系的长凳上结识的朋友。
1940—1941年	玛格丽特写作第一部小说。《厚颜无耻的人》1943年以玛格丽特·杜拉斯的笔名在布隆出版社出版。1941年秋,她怀了罗贝尔·昂泰尔姆的孩子。
1942年5月	婴儿一出生就死了。7月,玛格丽特·杜拉斯进书籍组织委员会工作。10月,她和丈夫搬到圣伯努瓦街5号。
1942年秋	玛格丽特结识迪奥尼斯·马斯科洛。12月保尔·多纳迪厄在西贡去世。
1943年年末—1944年年初	玛格丽特和罗贝尔·昂泰尔姆加入由弗朗索瓦·密特朗领导的全国战俘和集中营犯人运动。1944年6月1日,罗贝尔·昂泰尔姆和他妹妹玛丽-露易丝一道被盖世太保逮捕,之后被遭送到德国的集中营。
1944年年末	第二本署名玛格丽特·杜拉斯的小说《平静的生活》在伽利玛出版社出版。
1945年5月13日	罗贝尔·昂泰尔姆从集中营回来。12月,罗

	贝尔、迪奥尼斯和玛格丽特成立众城出版社，1947年该出版社出版了罗贝尔·昂泰尔姆的《人类》。
1945年	玛格丽特·杜拉斯加入共产党；罗贝尔·昂泰尔姆和迪奥尼斯·马斯科洛随后在次年加入。战后的几年里，在圣伯努瓦街的公寓里常常举行共产党或亲共产党的知识分子聚会，后来人们把他们称为"圣伯努瓦街小组"。
1947年4月	昂泰尔姆和杜拉斯正式离婚。迪奥尼斯·马斯科洛和玛格丽特·杜拉斯的儿子让·马斯科洛于6月30日出生。10月，《时代》杂志刊登了玛格丽特·杜拉斯的短篇小说《蟒蛇》。
1949—1950年	1949年玛丽·多纳迪厄从印度支那回来。玛格丽特·杜拉斯完成小说《抵挡太平洋的堤坝》的写作，于1950年在伽利玛出版社出版，和当年的龚古尔奖失之交臂。是年，杜拉斯、马斯科洛和昂泰尔姆被开除出共产党。
1952年	出版《直布罗陀水手》。
1953年	出版《塔尔奎尼亚的小马》。
1954年	出版名为《成天上树的日子》的短篇小说集，次年出版小说《广场》，并于1956年被改编为戏剧。
1956年8月	玛丽·多纳迪厄在卢瓦尔河边的翁赞去世。玛格丽特·杜拉斯用《堤坝》改编电影的版权在塞纳-瓦兹省的诺弗勒堡买了一幢房子。和迪奥尼斯·马斯科洛分手；结识热拉尔·雅尔洛，之后数年与之关系密切。

1957年	玛格丽特·杜拉斯开始和《法兰西观察家》周刊合作。创作新作《琴声如诉》,小说于1958年2月在午夜出版社出版。
1958年夏	玛格丽特·杜拉斯为阿兰·雷乃导演的电影《广岛之恋》写对白,该片于1959年5月在戛纳电影节上推出,但"不参选"。
1959年	玛格丽特·杜拉斯参与改编由彼得·布鲁克导演的《琴声如诉》。电影参加了1960年6月的戛纳电影节的正式角逐;与让-保尔·贝尔蒙多合作、扮演安娜·戴巴莱斯特的让娜·莫罗荣获最佳女主角奖。7月,《成天上树的日子》在伽利玛出版社出版。是月,玛格丽特·杜拉斯在反对继续对阿尔及利亚的战争的"121人宣告"上签字。
1961年	玛格丽特·杜拉斯和阿兰·罗伯-格里耶、娜塔莉·萨洛特一起在英国和比利时做巡回讲座。和罗贝尔·昂泰尔姆一起改编亨利·詹姆斯的《阿斯珀恩文件》,和热拉尔·雅尔洛一起改编的威廉·吉普森的《阿拉巴马的奇迹》分别在马图林剧场和埃贝尔多剧场大获成功。是年,她和热拉尔·雅尔洛创作剧本、亨利·柯尔皮导演的电影《长别离》和路易斯·布努艾尔导演的《维尔迪亚娜》一起荣获戛纳电影节的金棕榈奖。
1962年1月	《昂代斯玛先生的午后》出版。9月初,在雅典娜剧场演出由玛格丽特·杜拉斯和詹姆斯·劳德合作改编的亨利·詹姆斯的短篇小说

	《丛林猛兽》。杜拉斯的好友劳莱·贝龙的演出大获成功。10月,《弓》杂志首发杜拉斯写于1958年夏的《坐在走廊里的男人》(1980年午夜出版社出过一个修订本)。
1963年2月	克洛德·赫奇把发表于1959年的《塞纳-瓦兹的高架桥》搬上舞台。《战斗报》发表了一篇题为《玛格丽特·杜拉斯在犯罪中寻找自由》的作家访谈。4月,《塞纳-瓦兹的高架桥》获青年批评奖。7月,《新法兰西文学评论》发表了杜拉斯一部新的戏剧《水和森林》,她把作品题献给勒内-路易·德福雷。1963年夏,玛格丽特·杜拉斯在刚买不久的特鲁维尔古老的"黑岩旅店"套房里完成了小说《劳儿之劫》的创作。
1964年2—3月	《劳儿之劫》在伽利玛出版社出版后,玛格丽特·杜拉斯应出版她作品的美国格鲁夫出版社之邀,开始了她首次美国之行。和热拉尔·雅尔洛分手。
1965年	玛格丽特·杜拉斯的戏剧声誉得到肯定。1月,丹尼尔·索拉诺剧院张贴了新版《广场》的海报;5月,穆夫塔尔剧院开演《水和森林》,伽利玛出版社酝酿出版《戏剧(一)》。10月,为英国电视写作的《音乐》在香舍丽榭工作室上演;12月,由让-路易·巴霍执导、杜拉斯根据自己同名小说改编的戏剧《成天上树的日子》在奥岱翁剧院上演,玛德莱娜·雷诺扮演的"母亲"一角大获成功。

1966年	玛格丽特·杜拉斯首次尝试导演电影，指导德菲因·塞里格、罗伯特·霍辛出演《音乐》录像版。她的新小说《副领事》于1966年1月底在伽利玛出版社出版。6月，在伦敦，佩吉·阿什克罗夫特在约翰·施勒辛格导演、索尼娅·奥威尔改编的英文版《成天上树的日子》中扮演"母亲"一角。
1967年3月	小说《英国情人》，新版《塞纳-瓦兹的高架桥》在伽利玛出版社出版。5月，玛格丽特·杜拉斯为卢森堡电台"跟踪"报道戛纳电影节。她对格劳贝尔·罗查的《痛苦的大地》非常着迷，梦想实现一个革命的、介入的电影。她希望"置身于时代的潮流里"。7月，她和迪奥尼斯·马斯科洛、让·苏斯特、米歇尔·赖瑞斯等一群法国艺术家和知识分子应菲德尔·卡斯特罗之邀一起去古巴。
1968年5月	街垒战一开始玛格丽特·杜拉斯就上街游行了。和莫里斯·布朗肖、让·苏斯特、罗贝尔·昂泰尔姆和迪奥尼斯·马斯科洛一起，她参加了学生—作家行动委员会的立法，直到夏末都在精心修改集体起草的文章。1月，她在格拉蒙剧院亲自执导了《萨迦王国》和《是的，也许》。在第二部戏剧中，她试图将先锋派戏剧和介入戏剧"糅合"起来。1968年12月，克洛德·赫奇执导由杜拉斯自己改编的《英国情人》，玛德莱娜·雷诺、迈克尔·朗斯戴尔、克洛德·多芬分别扮演剧中角色。这出

	戏在随后几年多次重演。
1969年1月	玛格丽特·杜拉斯写了《毁灭,她说》,又名《大毁灭》,是她在午夜出版社主持的一套名叫"断裂"的丛书的第一部。3月书出来以后,她自己导演了同名电影,并于秋天参加纽约和伦敦的电影节。
1970年1月	玛格丽特·杜拉斯(和萨特、热内和其他人)一起参加示威游行,抗议在巴黎的非洲移民的悲惨命运。1月10日,她参加了占领法国资方国家中心的行动。是年,她加入"人民事业之友"协会。2月,她改编的奥古斯特·斯特林堡的《死亡的舞蹈》由国家人民剧院在夏约宫演出。4月,《阿邦、萨芭娜和大卫》在伽利玛出版社出版。次年初,她在诺弗勒堡拍摄了由书改编到银幕的《黄太阳》。
1971年4月	在废除1920年颁布的禁止流产和随意使用避孕套的法令之际,玛格丽特·杜拉斯签署"343名坏女人宣言"。玛德莱娜·雷诺在美国巡回演出《英国情人》;佩吉·阿什克罗夫特在伦敦皇家剧院上演的英文版中担纲女主角。秋天,玛格丽特·杜拉斯将《爱》的手稿交于伽利玛出版社并于1972年1月出版。
1972年	玛格丽特·杜拉斯拍摄了两部电影:4月,她在诺弗勒的家中拍摄了一部别出心裁的《娜塔莉·格朗热》(和让娜·莫罗和吕西娅·波赛);11月,在特鲁维尔拍摄由《爱》改编的电影《恒河女子》。《娜塔莉·格朗热》入选当

	年威尼斯电影节和纽约电影节参展。9月,她得到职业导演证。1972年夏,她应伦敦国家剧院院长彼得·霍尔之邀开始创作一个新剧本。伽利玛出版社次年以《印度之歌(文本—戏剧—电影)》为名出版。创作灵感来自她的小说《副领事》。
1974年5月	午夜出版社出版《话多的女人》,是玛格丽特·杜拉斯与格扎维埃尔·戈蒂埃关于女权问题的访谈集。
1974年7月	玛格丽特·杜拉斯在巴黎和布罗涅-比昂古尔拍摄《印度之歌》。德菲因·塞里格为安娜-玛丽·斯特雷泰尔的形象定了型,迈克尔·朗斯戴尔也让在老挝的法国副领事的叫喊成为经典。该片于1975年5月在戛纳电影节的"眼福"系列展出。6月,该片在巴黎上映,秋天在外省和欧洲几个国家上映。11月14日,玛格丽特·杜拉斯到冈城介绍该片并第一次遇见扬·安德烈亚。1976年,《印度之歌》荣获法兰西电影学院颁布的水晶星奖。
1976年	玛格丽特·杜拉斯因拍摄《在荒凉的加尔各答她名叫威尼斯》再次回到《印度之歌》的拍摄地——废弃了的罗基德堡。3月,为法国电视二台SFP演播室拍摄戏剧《成天上树的日子》。5月,该戏由雷诺-巴罗艺术团在奥赛剧院演出,随后到美国巡回公演。同月,法国电视一台播出两个由米歇尔·波尔特为国家视听研究院摄制的长达45分钟的节目《玛格丽

特·杜拉斯之所》。4月，玛格丽特·杜拉斯拍摄《巴克斯泰尔，薇拉·巴克斯泰尔》，它是由杜拉斯写于1968年并于同年发表在伽利玛出版社的《戏剧（二）》中的《苏珊娜·安德莱尔》改编而来的。

1976年秋，美国女演员梅瑞德·丹诺克在纽约的"广场上的马戏团"剧院再次扮演《成天上树的日子》中的母亲一角。

是年，玛格丽特·杜拉斯为女权主义杂志《女巫》写了好几篇文章，其中包括没有署名的、描写罗贝尔·昂泰尔姆1945年从集中营回来的短篇故事《没有死在集中营》。

1977年1月	玛格丽特·杜拉斯在诺弗勒和伊夫林省拍摄《卡车》。她在一台摄像机前跟热拉尔·德帕迪约讲她本可能拍摄的电影。春天正式参加戛纳的评选，这部电影让围绕着杜拉斯的电影作品的争议进一步激化。《卡车》于5月底在巴黎上映；《巴克斯泰尔，薇拉·巴克斯泰尔》于6月上映。10月，在奥赛剧场，玛德莱娜·雷诺首演作家特意为她量身定做的改编自《抵挡太平洋的堤坝》的《伊甸影院》。法兰西信使出版社发表了改编的文本。
1978年1月	在一次短暂的以色列旅行期间，玛格丽特·杜拉斯参观了塞扎蕾废墟。这次旅行给了她灵感，于次年创作了一个短片。回到巴黎，她开始写作《黑夜号轮船》，于5月在《午夜》杂志发表，并为她于7—8月拍摄《黑夜号轮船》

	提供了素材。是年夏天,玛格丽特·杜拉斯在诺弗勒堡待的时间越来越多。
1979年春到秋末	玛格丽特·杜拉斯拍摄了四部短片:《塞扎蕾》《否决之手》和两部《奥蕾莉娅·斯泰奈》(《奥蕾莉娅(墨尔本)》和《奥蕾莉娅(温哥华)》)。11月四部短片出现在巴黎的同一张电影海报上。四部影片的文本和《奥蕾莉娅(三)》于12月由法兰西信使出版社出版。9月,杜拉斯应邀做耶尔青年电影节的嘉宾。
20世纪70年代	如果说玛格丽特·杜拉斯在这十年把很多精力都花在电影和戏剧上,她早期的作品开始以口袋本再版:1972年《塔尔奎尼亚的小马》《广岛之恋》,1973年《抵挡太平洋的堤坝》,1976年《劳儿之劫》,1977年《直布罗陀水手》。
1980年	《80年夏》回到写作,它是杜拉斯为《解放报》的每周专栏写的文章的集子,由午夜出版社于10月出版。6月,《电影手册》发了杜拉斯专号,名为《绿眼睛》。是年夏天,扬·安德烈亚,在冈城遇到的大学生到特鲁维尔和她团聚。他成了她人生最后十六年的伴侣。
1981年	年初,阿尔班·米歇尔出版社出了一个杜拉斯在报刊上发表文章的集子,名为《外界》[1](1984年由P.O.L出版社再版),很多文章是20世纪50年代末和60年代初在《法兰西观

---

[1] 即《外面的世界Ⅰ》。

察家》(1965年改名为《新观察家》)上发表的,同时还有1976年作家发表在《女巫》杂志上的文章。

2—3月,和扬·安德烈亚还有布勒·欧吉一起在特鲁维尔的黑岩旅馆大厅拍摄《阿嘉塔或无限的阅读》。文本之后在午夜出版社出版。

4月,应魁北克电影资料馆之邀去蒙特利尔。此间和公众进行的访谈和会见收录在《玛格丽特·杜拉斯在蒙特利尔》一书并由活页图书出版社(Spirale)出版。是年春天,改版的《丛林猛兽》由德菲因·塞里格和萨米·弗雷在圣德尼的热拉尔·菲利浦剧场上演。

7月,用《阿嘉塔》的剪掉不用的胶片拍摄电影《大西洋人》。

8月,玛格丽特·杜拉斯在《印度之歌》于卡耐基影院上映之际去纽约。

10月,在约克镇战役200周年庆典活动之际,乘坐密特朗总统专机再次访问美国。随后,玛格丽特·杜拉斯和《阿嘉塔或无限的阅读》一片的演员布勒·欧吉和扬·安德烈亚一起去蒙特利尔以该片和《大西洋人》参加平行电影节。

1982年2月	玛格丽特·杜拉斯开始为玛德莱娜·雷诺创作一出新戏剧。那就是《萨瓦纳湾》,文本于9月出版,次年杜拉斯亲自导演这出戏剧。4月,她应RAI之邀在意大利拍摄《罗马对话》。8月,她开始写作《死亡的疾病》,该书

	于次年年初由午夜出版社出版。
10月，她在纳伊的美国医院里接受治疗，扬·安德烈亚在1983年发表在午夜出版社的《玛·杜》中记叙了此事。是月，电影《成天上树的日子》在美国法—美有线电视频道上播出。
1983年	法国外交部的文化处开始把杜拉斯的8部电影制作成录像带（《娜塔莉·格朗热》《印度之歌》《在荒凉的加尔各答她名叫威尼斯》《卡车》，还有1979年的四部短片）。借此机会，热罗姆·博茹尔和让·马斯科洛拍摄了杰出的资料片《杜拉斯拍电影》，录制了一系列杜拉斯和多米尼克·诺盖的访谈。
1983年秋	米歇尔·波尔特拍摄了《萨瓦纳湾》的作者杜拉斯在环形广场剧院指导玛德莱娜·雷诺和布勒·欧吉的排练过程。该戏于9月27日上演。电影《萨瓦纳湾是你》是年冬天在法国二台播出。
伽利玛出版社出版《戏剧（三）》。
1984年	对《国际先驱论坛报》而言，1984年无疑是"杜拉斯年"。
3月，杜拉斯在洛桑电影资料馆举办她的电影回顾展之际去瑞士。
4月，在纽约"外百老汇"[1]演出《苏珊娜·安德莱尔》。

---

[1] 因为新剧的排演成本很高，所以百老汇现在面临的最大困难是缺乏资金排演新剧。因此剧目的排演与否全依赖票房价值，一些题材严肃、艺术实验性强的剧目往往不能上演，只能到被称为"外百老汇"(Off-Broadway)和"外外百老汇"(Off-Off-Broadway)的剧院演出。

	6月,杜拉斯把《情人》的手稿交给午夜出版社。
	7—8月,杜拉斯在维特里拍摄《孩子们》,剧本改编自1971年发表的《啊!艾尔奈斯多》,新剧本由她与让·马斯科洛和让-马克·杜林纳合作完成。
	9月24日,在《情人》发行之际,杜拉斯是法国二台贝尔纳·毕沃的文学访谈节目"猛浪谭"的唯一嘉宾。
	10月20日,法国文化台播出一档玛里亚娜·阿尔方的节目"玛格丽特·杜拉斯的快乐"。
	12月12日,《情人》荣获龚古尔奖。
1985年2月	当电影《孩子们》在柏林电影节上公映的时候,杜拉斯指导米欧-米欧和萨米·弗雷在环形广场剧院演出她写于20年前的《音乐(二)》的增补版。5月,彼得·汉德克导演的改编自《死亡的疾病》的同名电影(*Das Mal des Todes*)在戛纳上映。夏初,描写等待罗贝尔·昂泰尔姆从集中营归来和解放的《痛苦》出版(P.O.L出版社),与此同时,玛格丽特·杜拉斯于7月17日发表在《解放报》上的一篇谈论"小格利高里事件"的文章引起轰动性丑闻。7月24日,第一次和总统密特朗对谈,谈话记录于次年2月26日发表在《另类日志》上,名为《杜班街邮局》。在纽约,芭芭拉·布雷翻译的《情人》英文版在书祠出

	版社（Pantheon Books）出版。是年，杂志《弓》为杜拉斯出了一期专刊。
1986年1月	玛格丽特·杜拉斯和弗朗索瓦·密特朗的第二次对谈在爱丽舍宫进行，于3月初发表在《另类日志》上；第三次对谈发表在随后的一期。4月，玛格丽特·杜拉斯荣获"丽兹—巴黎—海明威"国际最佳小说奖，该奖颁给她的小说《情人》英文版。该书很快被译为二十多种语言，发行量远远突破百万大关（1990年，杜拉斯在《文学杂志》上说发行量已经达到两百万本）。5月，《痛苦》的英译本《战争》(*The War*) 在书祠出版社出版。夏天，她在特鲁维尔写作《乌发碧眼》，秋天在午夜出版社出版。
1987年5月	玛格丽特·杜拉斯作为克劳斯·巴尔比案件的证人被传唤，她拒绝出庭。
	6月，P.O.L出版社出版《物质生活》（副标题为《玛格丽特·杜拉斯对热罗姆·博茹尔如是说》）。9月，一本新小说《埃米莉·L》在午夜出版社出版。
	12月底，法国三台"海洋"节目在圣伯努瓦街录制了一档"杜拉斯—戈达尔"。玛格丽特·杜拉斯为克洛德·贝里改编《情人》，后者购买了电影的版权。
1988年5月	吕丝·贝罗和一个电视摄制组在杜拉斯自己的公寓里拍摄，用于6—7月法国一台总长为一小时、名为"书页之上"的四次节目。10月

	17日，常年受肺气肿之苦的玛格丽特·杜拉斯被送到拉奈克医院急救。经手术（气管切开术）和长时间的昏迷，她五个月后才苏醒。住院一直住到1989年6月。她继续写住院前就已经开始创作的一本书。《夏雨》于次年在P.O.L出版社出版。
1990年	玛格丽特·杜拉斯和让-雅克·阿诺合作改编《情人》，之后突然中断合作，她决定自己写"《情人》的剧本"，也就是1991年伽利玛出版社出版的《中国北方的情人》。是年，阿诺完成了在越南和马来西亚取景的电影《情人》的拍摄。
1992年7月	P.O.L出版社出版《扬·安德烈亚·斯泰奈》，书中杜拉斯和扬·安德烈亚相遇的故事与对泰奥朵拉·卡茨的回忆交织在一起，后者源自杜拉斯在二战结束后开始写作但没写完的一部作品。是年，伽利玛出版社说服她再版早期作品《厚颜无耻的人》；该书在Folio丛书中再版。法国电影资料馆在杜拉斯电影回顾展之际和马卓塔出版社合作编辑了一本她的电影作品集。
1993年1月	玛格丽特·杜拉斯出现在ARTE电视频道皮埃尔·杜马耶的"读与写"节目。该节目是前一年秋天在特鲁维尔的黑岩旅馆录制的。伯努瓦·雅各在圣伯努瓦街和诺曼底拍摄杜拉斯讲述"年轻英国飞行员"的故事。在诺弗勒，他再次在镜头前就占据了作家人生很大部分的

	写作采访她。这两段录像的文字记录被她用来写作一本新书——《写作》于6月在伽利玛出版社出版。10月，P.O.L出版社以《外面的世界》为名推出《外界（二）》[1]，由克里斯蒂安娜·布洛-拉巴雷尔辑录杜拉斯发表过的报刊文章并作序。
1994年4月4日周一	玛格丽特·杜拉斯庆祝八十岁生日。11月，她开始创作最后一本书《就这样》，由她口述，扬·安德烈亚记录。
1996年3月3日	以"杜拉斯"之名闻名于世的玛格丽特·多纳迪厄在圣伯努瓦街的住所里辞世。

玛格丽特·杜拉斯葬在巴黎蒙帕纳斯公墓。

---

[1] 即中文版的《外面的世界II》。

杜拉斯著作／电影列表

小说、叙事、戏剧剧本、访谈

《厚颜无耻的人》[1]（*Les Impudents*），布隆出版社，1943。

《平静的生活》（*La Vie tranquille*），伽利玛出版社，1944。

《抵挡太平洋的堤坝》（*Un barrage contre le Pacifique*），伽利玛出版社，1950。

《直布罗陀水手》（*Le Marin de Gibraltar*），伽利玛出版社，1952。

《塔尔奎尼亚的小马》（*Les Petits chevaux de Tarquinia*），伽利玛出版社，1953。

《成天上树的日子》附《蟒蛇》《道丹太太》《工地》（*Des journées entières dans les arbres* suivi de *Le Boa, Madame Dodin, Les Chantiers*），伽利玛出版社，1954。

《广场》（*Le Square*），伽利玛出版社，1955。

《琴声如诉》（*Moderato cantabile*），午夜出版社，1958。

《塞纳-瓦兹的高架桥》（*Les Viaducs de la Seine-et-Oise*），伽利玛出版社，1959。

---

[1] 在上海译文出版社2006年出版的"玛格丽特·杜拉斯作品系列"中，桂裕芳将书名译为《无耻之徒》。

《夏夜十点半钟》(*Dix heures et demie du soir en été*)，伽利玛出版社，1960。

《广岛之恋》(*Hiroshima mon amour*)，伽利玛出版社，1960。

《昂代斯玛先生的午后》(*L'Après-midi de monsieur Andesmas*)，伽利玛出版社，1962。

《劳儿之劫》(*Le Ravissement de Lol V. Stein*)，伽利玛出版社，1964：

《戏剧（一）：〈水和森林〉〈广场〉〈音乐（一）〉》(*Théâtre I : Les Eaux et Forêts, Le Square, La Musica*)，伽利玛出版社，1965。

《副领事》(*Le Vice-consul*)，伽利玛出版社，1965。

《英国情人》(*L'Amante anglaise*)，伽利玛出版社，1967。

《戏剧（二）：〈苏珊娜·安德莱尔〉〈成天上树的日子〉〈是的，也许〉〈莎伽王国〉〈一个男人来看我〉》(*Théâtre II : Suzanna Andler, Des journées entières dans les arbres, Yes, peut-être, Le Shaga, Un homme venu me voir*)，伽利玛出版社，1968。

《毁灭，她说》(*Détuire, dit-elle*)，午夜出版社，1969。

《阿邦、萨芭娜和大卫》(*Abahn, Sabana, David*)，伽利玛出版社，1970。

《爱》(*L'Amour*)，伽利玛出版社，1971。

《啊！艾尔奈斯多》(*Ah! Ernesto*)，阿尔兰·齐斯特出版社，1971。

《印度之歌》(*India Song*)，伽利玛出版社，1973。

《娜塔莉·格朗热》附《恒河女子》(*Nathalie Granger* suivi de *La Femme du Gange*)，伽利玛出版社，1973。

《话多的女人》与格扎维埃尔·戈蒂埃合作 (*Les Parleuses*)，午夜出版社，1974。

《玛格丽特·杜拉斯》由 M. 杜拉斯、J. 拉康、M. 布朗肖等著 (*Marguerite Duras*)，信天翁出版社，《这／电影》，1975。

《卡车》附《和米歇尔·波尔特的对谈》(*Le Camion* suivi de *Entretien*

avec Michelle Porte),午夜出版社,1977。

《玛格丽特·杜拉斯之所》与米歇尔·波尔特合作(*Les Lieux de Marguerite Duras*),午夜出版社,1977。

《伊甸影院》(*L'Éden Cinéma*),法兰西信使出版社,1977。

《黑夜号轮船》附《塞扎蕾》《否决之手》《奥蕾莉娅·斯泰奈》(*Le Navire Night* suivi de *Césarée, Les Mains négatives, Aurélia Steiner*),法兰西信使出版社,1979。

《薇拉·巴克斯泰尔或大西洋海滩》(*Véra Baxter ou les plages de l'Atlantique*),信天翁出版社,1980。

《坐在走廊里的男人》(*L'Homme assis dans le couloir*),午夜出版社,1982。

《80年夏》(*L'Été 80*),午夜出版社,1980。杜拉斯朗读过一些选段,取名《年轻女子和孩子》(*La Jeune fille et l'enfant*),妇女出版社,《声音图书馆》,1982。

《绿眼睛》(*Les Yeux verts*),电影手册,312—313号,1980年6月;1987年新版。

《阿嘉塔》(*Agatha*),午夜出版社,1981。

《外界》(*Outside*),阿尔班·米歇尔出版社,1981;1984年 P. O. L 出版社再版。

《大西洋人》(*L'Homme atlantique*),午夜出版社,1982。

《萨瓦纳湾》(*Savannah Bay*),午夜出版社,1982年首版;1983年增补版。

《死亡的疾病》(*La Maladie de la mort*),午夜出版社,1982。

《戏剧(三):〈丛林猛兽〉,詹姆斯·洛德和玛格丽特·杜拉斯根据亨利·詹姆斯小说合作改编;〈阿斯珀恩文件〉,玛格丽特·杜拉斯和罗贝尔·昂泰尔姆根据亨利·詹姆斯小说合作改编;〈死亡的舞蹈〉,玛格丽特·杜拉斯根据奥古斯特·斯特林堡的小说改编》(*Théâtre III : La Bête dans la jungle,* d'après Henry James, adaptation de James Lord et Marguerite Duras – *Les Papiers d'Aspern,* d'après Henry James, adaptation de Marguerite Duras et Robert Antelme – *La Danse de mort,* d'après August Strindberg, adaptation de Marguerite Duras),伽利玛出版社,1984。

《情人》(*L'Amant*),午夜出版社,1984。

《痛苦》(*La Douleur*),P. O. L 出版社,1985。

《音乐(二)》(*La Musica Deuxième*),伽利玛出版社,1985。

《乌发碧眼》(*Les Yeux bleus cheveux noirs*),午夜出版社,1986。

《诺曼底海滨的娼妓》(*La Pute de la côte normande*),午夜出版社,1986。

《物质生活》(*La Vie matérielle*),P. O. L 出版社,1987。

《埃米莉·L》(*Emily L.*),午夜出版社,1987。

《夏雨》(*La Pluie d'été*),P. O. L 出版社,1990。

《中国北方的情人》(*L'Amant de la Chine du Nord*),伽利玛出版社,1991。

《英国情人戏剧版》(*Le Théâtre de l'Amant anglaise*),伽利玛出版社,"想象丛书"265 号,1991。

《扬·安德烈亚·斯泰奈》(*Yann Andréa Steiner*),P. O. L 出版社,1992。

《写作》(*Écrire*),伽利玛出版社,1993。

《外面的世界 II》由克里斯蒂安娜·布洛-拉巴雷尔辑录并作序(*Le Monde extérieur,* textes rassemblés et préfacés par Christiane Blot-Labarrère),P.O.L 出版社,1993。

《就这样》(*C'est tout*),P. O. L 出版社,1993。

《写作的海》配埃莱娜·邦贝尔吉的摄影作品(*La Mer écrite,* photographies d'Hélène Bamberger),玛尔瓦尔出版社,1996。

《电视访谈录》和皮埃尔·杜马耶的对谈（*Dits à la télévision,* entretiens avec Pierre Dumayet），EPEL 出版社，1999。

《词语的颜色》和多米尼克·诺盖的对谈（*La Couleur des mots,* entretiens avec Dominique Noguez），伯努瓦·雅各布出版社，2001。

《战时笔记和其他》（*Cahiers de la guerre et autres textes*），P. O. L 和 IMEC，2006。

合集

《小说、电影、戏剧，1943—1993 年回顾》（*Duras : Romans, cinéma, théâtre, un parcours 1943 – 1993*），伽利玛出版社，1997。

《玛格丽特·杜拉斯作品全集》（*Marguerite Duras Œuvres complètes*），伽利玛出版社，2011、2014。

戏剧改编

《阿斯珀恩文件》（*Les Papiers d'Aspern*），杜拉斯和罗贝尔·昂泰尔姆根据亨利·詹姆斯小说合作改编法语版，1961，收录在《戏剧（三）》，伽利玛出版社，1984。

《丛林猛兽》（*La Bête dans la jungle*），玛格丽特·杜拉斯和热拉尔·雅尔洛根据亨利·詹姆斯小说合作改编，首次改编是在 1962 年，第二次改编是在 1981 年，收录在《戏剧（三）》，伽利玛出版社，1984。

《阿拉巴马的奇迹》（*Miracle en Alabama*），玛格丽特·杜拉斯和热拉尔·雅尔洛根据威廉·吉普森的小说合作改编，《前台》，1963。

《死亡的舞蹈》（*La Danse de mort*），玛格丽特·杜拉斯根据奥古斯特·斯特林堡的小说改编，1970，收录在《戏剧（三）》，伽利玛出版社，1984。

《家》(*Home*)，玛格丽特·杜拉斯根据大卫·斯多瑞的小说改编，伽利玛出版社，1973。

《海鸥》(*La Mouette*)，玛格丽特·杜拉斯根据契诃夫的小说改编，伽利玛出版社，1985。

电影作品

《音乐》(*La Musica*)，合作导演：保尔·色邦，1966。

《毁灭，她说》(*Détuire, dit-elle*)，1969。

《黄太阳》(*Jaune le soleil*)，1971。

《娜塔莉·格朗热》(*Nathalie Granger*)，1972。

《恒河女子》(*La Femme du Gange*)，1973。

《印度之歌》(*India Song*)，1975。

《巴克斯泰尔，薇拉·巴克斯泰尔》(*Baxter, Véra Baxter*)，1976。

《在荒凉的加尔各答她名叫威尼斯》(*Son nom de Venise dans Calcutta désert*)，1976。

《成天上树的日子》(*Des journées entières dans les arbres*)，1976。

《卡车》(*Le Camion*)，1977。

《黑夜号轮船》(*Le Navire Night*)，1979。

《塞扎蕾》(*Césarée*)，短片，1979。

《否决之手》(*Les Mains négatives*)，短片，1979。

《奥蕾莉娅·斯泰奈（墨尔本）》(*Aurélia Steiner – «Melbourne»*)，短片，1979。

《奥蕾莉娅·斯泰奈（温哥华）》(*Aurélia Steiner – «Vancouver»*)，短片，1979。

《阿嘉塔或无限的阅读》(*Agatha ou les lectures illimitées*)，1981。

《大西洋人》(L'Homme atlantique)，1981。

《罗马对话》(Dialogue de Rome)，中长片，1982。

《孩子们》(Les Enfants)，与让·马斯科洛和让-马克·杜林纳合作，1984。

剧本和／或对白

《广岛之恋》(Hiroshima mon amour)，阿兰·雷乃导演，1959；文本于1960年在伽利玛出版社出版。

《长别离》(Une aussi longue absence)，亨利·柯尔皮导演，与热拉尔·雅尔洛合作编剧，伽利玛出版社，1961。

《不稀奇》(Sans Merveille)，米歇尔·米特拉尼导演，与热拉尔·雅尔洛合作编写剧本，电视剧，ORPT 出品，1964 年 4 月首播。

《黑夜加尔各答》(Nuit noir Calcutta)，马兰·卡尔米兹导演，未公映的短片，1964（有 DVD 版，MK2 出版，2003）。

《白窗帘》(Les Rideaux blancs)，乔治·弗朗叙导演，并负责剧本和对白，1965。

《女窃贼》(La Voleuse)，让·夏波导演，让·夏波和阿兰·法图编剧，玛格丽特·杜拉斯负责改编和对白，1966。

从玛格丽特·杜拉斯作品改编而来的电影

《抵挡太平洋的堤坝》(Barrage contre le Pacifique)，勒内·克莱芒导演，1958。

《琴声如诉》(Moderato Cantabile)，彼得·布鲁克导演，1960。

《夏夜十点半钟》(Dix heures et demie du soir en été)，朱尔斯·达辛导演，1966。

《直布罗陀水手》(*Le Marin de Gibraltar*)，托尼·理查森导演，1967。

《反反复复》(*En rachâchant*)，根据《啊！艾尔奈斯多》改编，让-玛丽·斯托和丹尼尔·于莱导演的短片，1982。

《死亡的疾病》(*La Maladie de la mort*)，彼得·汉德克导演，1985。

《情人》(*L'Amant*)，让-雅克·阿诺导演，1992。

《昂代斯玛先生的午后》(*L'Après-midi de Monsieur Andesmas*)，米歇尔·波尔特导演，2004。

《抵挡太平洋的堤坝》(*Un barrage contre le Pacifique*)，潘礼德导演，2008。

《暴风雨》(《夏夜十点半钟》)(*Dix heures et demie du soir en été*)，法布里斯·卡穆安导演，2015。

《痛苦》(*La Douleur*)，艾玛纽埃尔·芬基尔导演，2017。

以杜拉斯之名

玛格丽特·杜拉斯学会（Société Internationale Marguerite Duras）

1997年创立，主席是克里斯蒂安娜·布洛-拉巴雷尔，协会的主要任务是组织关于玛格丽特·杜拉斯的国际学术研讨会，和在欧洲和海外的玛格丽特·杜拉斯协会建立联系，筹备并出版学会的通讯。

玛格丽特·杜拉斯协会（Assoiciation Marguerite Duras）

创建于1997年，协会总部设在法国洛特-加龙省的小城杜拉斯，每年五六月份，该协会在杜克城堡组织"遇见杜拉斯"的活动，来纪念女作家。

伯努瓦·雅各布出版社（Benoît Jacob Éditions）

出版社于1999年由杜拉斯的儿子让·马斯科洛创立，主要出版玛格丽特·杜拉斯的作品，并再版了影像批评出版社发行的囊括了杜拉斯很大一部分电影作品的录像带，还出版了让·马斯科洛和让-马克·杜林纳拍摄的影片《圣伯努瓦街小组轶事》（*Autour du groupe de la rue Saint-Benoît*）双碟 DVD 版。

现代出版档案馆（IMEC）

玛格丽特·杜拉斯在生前就把自己的档案交给了现代出版档案馆收藏，包括大量的手稿、小说、戏剧和电影脚本，它们提供了作家的创作背景，照亮了作品创作的源头。

玛格丽特·杜拉斯日（Journées Margurite Duras）

在特鲁维尔市每年10月的第一个周末会举行"玛格丽特·杜拉斯日"的纪念活动，如作品朗读、电影展、研讨会……

玛格丽特·杜拉斯奖（Prix Marguerite Duras）

2009年起设在滨海特鲁维尔市（皮埃尔·贝尔吉-伊夫·圣洛朗基金会），该奖鼓励投身于文学、戏剧和电影三个领域的艺术家。

致　谢

　　感谢 Madeleine et Claude Borgomano、Michèle Porte、Bernart Alazet、Aliette Armel、Jean Mascolo、Joëlle Pagès-Pindon、Marie Darrieussecq、Jean-Paul Hirsch、Mireille Sacotte、Bernadette Guenzi、Marie-Ève Thérenty、许钧、张新木、徐和瑾、马振骋、户思社、王东亮、袁筱一、胡小跃、赵玫、鲁敏、虹影、毛尖、楚尘、赵武平、周冉、张玉贞、张引弘……

　　一路上有杜拉斯，也有你们。